TOUT IRA BIEN

Du même auteur

Les Écrivains contre l'écriture, José Corti, 2006.
Les Récidivistes, Champ Vallon, 2008 ; Rivages poche, 2014.
Si je m'écorchais vif, Grasset, 2015.
L'Énigme des premières phrases, Grasset, 2017.
Il nous faudrait des mots nouveaux, Les Éditions du Cerf, 2018.
Regardez-moi jongler, Les Éditions du Cerf, 2021.
Le Mode avion, Actes Sud, 2021 ; Rivages poche, 2025.

Laurent Nunez

TOUT IRA BIEN

Rivages

Retrouvez l'ensemble des parutions
des Éditions Payot & Rivages sur

editions-rivages.fr

Collection dirigée par Émilie Colombani

Que serions-nous donc sans
le secours de ce qui n'existe pas ?

Paul Valéry

J'ai voulu raconter dans ce livre le quotidien d'hommes et de femmes absolument terrifiés par la vie, et qui dès lors s'entourent de solutions magiques, au Maroc, en Espagne ou en France, pour éloigner chaque jour le hasard, le malheur et la mort.

Problème n° 1 : que ce soit au Maroc, en Espagne ou en France, ces belles astuces, bien sûr, jamais ne fonctionnent.

Problème n° 2 : ces hommes et ces femmes sont tous de ma famille, et j'éprouve pour eux, pour la façon dont ils ont vécu et pour la manière dont ils m'ont éduqué, un pêle-mêle sentimental, fait d'un peu d'agacement, de pas mal de tristesse et de beaucoup d'amour.

Ma drôle d'enfance

Histoire du *polvito*

Mon père se tient devant moi, dans le salon de notre maison familiale. J'ai onze ans, lui quarante-trois, et nous sommes debout, face à face, idiots, penauds. Ma sœur est blottie sur un fauteuil, en larmes. Elle a tiré sur elle une couverture à damier orange et blanc. Elle doit avoir quinze ou seize ans, et son petit ami, dont le prénom m'échappe à présent autant que le visage, vient de la quitter. C'est du moins ce que je comprends à travers ses pleurs. Où est ma mère ? Que fait-elle tandis que Zoé sanglote ? Je l'ignore, elle n'apparaît pas dans mon souvenir. Je me concentre : je revois le meuble de la télé, l'aquarium et ses poissons, la table basse où je me cognais si souvent, le buffet qui court tout le long du mur, ma sœur recroquevillée sur le fauteuil, et mon père qui est donc là devant moi. Je revois aussi notre distance déjà, notre embarras. Notre gêne éternelle à parler de ces choses. Ces choses : le plus grand bonheur de la vie, l'amour, et le plus grand malheur de la vie, la perte. J'entends Zoé se remettre à pleurer. Il faudrait s'approcher d'elle, faire un geste, dire des mots réconfortants. Mais comme mon père est le seul adulte de la pièce, c'est sur lui que je compte pour tout cela.

Il ne bouge pas. Il ouvre juste la bouche. Il reste devant moi, et il dit cette phrase qui résonne encore dans ma tête :

– Au Maroc, dans ces cas-là, on achetait du *polvito*.

Oui, mes parents sont nés au Maroc. Ma mère à Casablanca et mon père à Tanger. Et comme l'indique le mot *polvito* : mon père est d'origine espagnole.

– Du *polvito* ? Qu'est-ce que c'est ?

Je pose la question parce qu'à mon avis c'est ce que souhaite mon père. Nous ne discutons pas beaucoup tous les deux. Nous ne savons jamais quoi nous dire. À mon âge, je sais déjà ce qu'il sait, et que nous ne trouverons jamais les mots pour communiquer, ni pour réconforter ma sœur. Alors nous rusons. Mon père lance une phrase avec un mot énigmatique, *polvito*, je l'attrape au vol et je le lui renvoie. Je pose la question qu'il me demande presque de poser, et ainsi la discussion s'engage. C'est-à-dire que le moment présent s'efface, le salon s'évapore avec son buffet, sa cheminée, son aquarium, ma sœur s'efface aussi avec son chagrin d'amour, et c'est tout le passé réconfortant qui revient, *il était une fois au Maroc*, on reste bien sûr dans les grands thèmes, l'amour, la perte, le chagrin, mais on parle aussi tout de même d'autre chose.

J'ai posé tout de suite la question : « Du *polvito* ? Qu'est-ce que c'est ? » Il n'y a pas eu tout de suite de réponse. Je vois mon père s'approcher d'une chaise.

Il s'appuie sur le dossier. Il semble hésiter, rester muet, et puis non, il se lance : « Quand j'étais plus jeune et que j'habitais Tanger, les femmes et les hommes, c'était comme partout. Ils pouvaient se fâcher terriblement. Ou bien les hommes allaient… voir ailleurs. Alors les femmes avaient un truc pour que les disputes s'achèvent et pour que les maris reviennent. Un truc surtout pour qu'ils ne repartent plus. » La voix de mon père diminue, il s'appuie toujours sur cette chaise qu'il a devant lui, mais c'est pour que le haut de son corps se rapproche de moi et, comme on révèle un mot de passe, il murmure :

– Elles versaient de la poudre dans leur verre de vin. Une poudre magique… On appelait cela du *polvito*.

Moi, je ne suis qu'un ado, et c'est quand même mon père qui parle : alors j'hésite. Est-ce qu'il me dévoile un secret ? Est-ce qu'il se moque de moi ? J'examine son visage, j'attends un sourire, que sa bouche révèle en même temps et ses dents et sa blague. Mais non, rien. Alors c'est moi qui glousse. J'ai décidé de me moquer. J'ai décidé aussi de faire rire ma sœur. J'essaie des choses que je trouve choquantes, « ce sont des trucs de païens », « pire que la drogue du violeur », « et pourquoi pas du vaudou ». Toujours recroquevillée sur le fauteuil du salon, la couverture à damier sur elle, voilà que j'entends ma sœur pouffer de rire. Mon père aussi l'entend, il tourne sa tête vers elle, il voit la couverture orange et blanche qui ondule sous les gloussements qui ont vaincu les pleurs, et cela l'attendrit et l'agace à la fois. Il dit dans un demi-sourire : « Vous pourriez respecter la parole des adultes ! Ça fonctionnait très bien ! J'étais là-bas je vous rappelle, pas vous, et je l'ai constaté plusieurs fois. Je l'ai vu de mes propres yeux ! Tenez : notre gardienne d'immeuble, rue Baalabak, elle sentait bien que son mari s'éloignait d'elle. Il ne lui parlait presque plus. Il découchait certains soirs. Elle disait qu'elle allait mourir de honte. Alors un matin elle est allée au souk…

– Ça se vendait au souk ?

– Oui. On en trouvait partout.

– Mais c'était fait avec quoi ?

– Je n'en sais rien, secret de bonne femme[1]. Donc, notre gardienne, elle a acheté un peu de *polvito* au souk, et un soir où son mari avait le dos tourné, elle l'a mis dans son verre.

– Ça n'a pas de goût ?

– Pas si on le mélange bien. Laisse-moi finir mon histoire. Elle a versé le *polvito*, il n'a rien vu, il a tout bu, et alors je t'assure : il n'a plus jamais découché. Il suivait sa femme comme un petit chien ! On voyait qu'il était obligé de la voir tous les jours !

– Obligé ? Sinon ?

– Eh bien, il pouvait tomber malade. Il pouvait même mourir.

J'éclate de rire. Je suis un ado qui rit de la vérité d'un adulte. Mon père me gronde :

---

1. D'après mes recherches, on obtient le *polvito* en mêlant : cèdre, girofle, gingembre, airelle, fenugrec, abricotier, cardamome, gentiane, camomille matricaire. Mais j'ignore absolument les dosages.

– Évidemment, ça ne marche pas quand on n'y croit pas. Mais c'est une poudre très efficace, et connue de tout le monde là-bas. Tiens, encore un exemple. J'avais l'âge de ta sœur, et j'avais un ami avec qui je jouais au foot tous les week-ends. Ça ennuyait sa copine qui le lui reprochait souvent. Lui haussait les épaules : il l'aimait, mais il *adorait* le foot. Il voulait passer professionnel ! Alors, au début de l'été sa copine a osé : elle lui a refilé du *polvito*. C'est sûr, parce que du jour au lendemain, il n'est plus venu à l'entraînement. On ne l'a plus jamais revu sur le terrain ! On allait chez lui, on sonnait longuement à sa porte, on le suppliait, on le tirait par le bras. Lui répétait qu'il avait changé… Il disait qu'il avait mieux à faire !

– Mais peut-être qu'effectivement il avait mieux à faire avec sa copine ! Comment peux-tu être sûr qu'il était sous l'effet du *polvito* ? Et comment peux-tu affirmer que ce truc fonctionne ? Tu as essayé ?

Mon père ne répond pas. Son regard devient vague. Derrière moi, ma sœur a dégagé son visage mouillé de ses bras mouillés. Elle regarde notre père. Elle s'exclame :

– Tu as essayé ! Raconte.

Silence. Grand, immense silence dans la salle à manger, dans toute la maison. Dans ma tête. Ma sœur, comme un détective qui croit résoudre une très vieille énigme, s'esclaffe :

– Laurent, regarde sa tête ! Mais regarde ! Je suis sûre qu'il l'a fait avec maman !

Plus de trente ans ont passé : je revois parfaitement le visage de mon père. Il était rouge. Il bégayait. Le pauvre a souri et nié mollement. Il a quitté la pièce pour aller fumer une cigarette dans le garage. Ce sourire, cette mollesse pour nier, cette fuite, et jusqu'à cette odeur lointaine de tabac : c'est tout cela, mon Dieu, absolument tout cela, qui condense et résume ce qu'on pourrait appeler *la passion de ma famille pour les superstitions*.

Les chaussettes rouges

Durant mes jeunes années, mes proches m'apprirent bien d'autres astuces pour survivre dans ce monde qui soudain s'enveloppait d'un mystère profond. J'eus conséquemment une enfance unique et bizarre, merveilleuse, incroyablement remplie de bric et de broc : c'est-à-dire de rites, de croyances, d'amulettes, de gris-gris, de formules magiques. J'étais un enfant, j'ignorais qu'on pouvait ne pas croire les adultes ; et ce qu'ils me révélaient chaque jour faisait que j'avais du mal à m'endormir chaque nuit. Quand j'étais seul dans ma chambre, grisé par la chance que j'avais, je me frottais les mains en songeant que les autres ne voyaient jamais qu'un seul côté des choses, et sommaire, immensément banal ; tandis que mon père, ma mère, mes grands-parents, mes tantes, mes cousins connaissaient l'art de passer de l'autre côté du miroir. Et tous acceptaient, malgré mon jeune âge (ou parce que j'étais jeune), de me révéler ce qu'ils voyaient là-bas…

À chaque problème qui surgissait devant nous, insoluble normalement, ma famille trouvait une solution très simple. (C'est cela, d'ailleurs, le grand problème de ma famille : ses très simples solutions.) Ainsi, nous connaissons tous des gens qui n'ont vraiment pas de chance, et qui pleurent de rage contre cette poisse qui colle à leur peau. Sitôt qu'ils sortent, il pleut. Leurs enfants se cassent toujours un bras ou une jambe la veille des vacances. Leur voiture ne démarre jamais quand ils sont en retard. Eux hurlent ou serrent les poings : que peuvent-ils faire d'autre ? Ma mère, elle, n'était pas de ces gens-là. Elle savait très bien quoi faire contre la pluie, les batteries en panne et les escaliers glissants. Elle possédait en effet un remède simplissime, et global, contre l'habituelle déveine. Rangez vos fers à cheval, vos trèfles à quatre feuilles, vos pattes de lapin : c'était trop commun et donc inefficace. Je vais vous révéler ce grand secret qu'on n'approchait qu'en chuchotant : il suffisait de porter un vêtement rouge. Même : rouge vif. Éclatant. Comme le sang. Comme la vie. Cette couleur faisait alors, je le jure, un épouvantail contre la guigne.

Dans ma famille où nous n'avions rien, et donc assez peu à perdre, la plus grande malchance consistait à rater une première rencontre. Faire mauvaise impression… Dire que les autres pouvaient nous juger pour un faux pli, pour un silence malheureux, un geste mal interprété ! C'est pourquoi, à chaque rentrée scolaire (primaire, collège, lycée, allez : même à la fac), ma mère semblait terrifiée, et vérifiait jusqu'au seuil de la maison que ma sœur et moi revêtions bien un vêtement rouge – couleur que je n'ai jamais aimée, trop voyante. « Mais justement ! » murmurait-elle, sans plus chercher à nous convaincre. De qui ma mère tenait-elle ce délirant savoir ? Qui lui avait enseigné que la couleur rouge repoussait l'infortune et retardait le malheur ? J'ai appris récemment que les Italiens, pour le Nouvel An, portent avec plaisir et superstition des sous-vêtements rouges, et très sexy... Peut-être subissais-je pendant mon enfance la version soft de cette croyance. En tout cas, cette consigne de porter du rouge lors de chaque rentrée scolaire, lors de chaque contrôle ou exposé, fut respectée scrupuleusement par le fils obéissant que j'étais. Et c'est ainsi que ma scolarité se déroula sans problème aucun. J'oubliais : le vêtement-talisman perdait hélas très vite son pouvoir – dès les premiers lavages. Il nous fallait donc à chaque rentrée, contre la poisse dont le propre est tout de même d'arriver sans prévenir, un nouvel habit rouge. Dès lors, chaque fin d'août, tandis que nous revenions d'Espagne, nous nous exclamions, ma mère, mon père, ma sœur (ou parfois moi, je l'avoue) : « Il nous manque un vêtement rouge ! » Nous nous arrêtions au Perthus ou à Narbonne, et nous jetions notre dévolu sur un sweat, un T-shirt, une chemise. Plus rarement un pantalon. Mais je trouvais cela tout de même tape-à-l'œil ou vulgaire et bientôt je m'en lassai. (J'écris cela pour ne pas révéler la vérité : nous n'étions pas riches, et acheter un nouveau sweat ou une chemise chaque année, et à la rentrée de surcroît, quand il y avait tant de dépenses à régler...) Donc mentons : je grandissais, je m'enhardissais, et si je continuais à bien vouloir porter cette satanée couleur rouge, je n'acceptai bientôt qu'une chose ainsi colorée, à la fois voyante et très dissimulée : des chaussettes. Ma mère les achetait par lot de quatre ou six, pour mon père et moi. « Avec ça à vos pieds, tout ira bien, vous verrez. » Je rangeais les miennes au fond d'un tiroir, un peu comme les Romains le faisaient avec leurs dieux lares ; et je pus ainsi avoir, disons pendant les vingt premières années de ma vie, et d'une manière très peu coûteuse, toujours un peu de chance en stock.

La leçon de ce livre

Je vais l'écrire d'emblée : même si je parais désormais en rire, même si très souvent je me moque, même si je semble dans ces pages celui qui blâme ou qui hausse les épaules : impossible pour moi de renier cette enfance si pourpre que j'ai eue et qui me manque, où le merveilleux s'accrochait en grappe à toutes les branches du réel.

Voici que pointe déjà la leçon de ce livre : *on échappe mal à sa famille.* Ce n'est pas très grave, tant qu'on en est conscient.

Le mauvais œil

En 1997, mon père fut licencié de l'imprimerie orléanaise dans laquelle il travaillait. Terrifié à l'idée d'offrir une mauvaise image de lui, il continua cependant de se lever chaque matin à 7 heures Il prenait son café, se rasait, se douchait, s'habillait, et partait à 7 h 45 pour « pointer à l'ANPE », comme on disait alors brutalement. Chaque matin, pendant trois ans. Un jour, il revint de ce rendez-vous banal la mine grise, le souffle coupé. Le pauvre s'estimait prêt à tout pour retrouver un emploi, mais son conseiller venait de lui glisser avec beaucoup de bienveillance un conseil terrifiant : « Il faudrait vous démarquer davantage dans votre CV. Savoir faire, c'est très bien. Mais faire savoir ! Faire savoir, monsieur Nunez : c'est tellement mieux. » Mon père, tandis qu'il nous contait la scène, semblait encore horrifié par cette formulation désastreuse. Le conseiller de l'ANPE ne pouvait pas le deviner mais, dans ma famille, faire savoir à quelqu'un qui l'on est, ce que l'on vaut, comment dire ? C'est interdit.

Chez nous, on ne se vante pas. On ne se vend pas. On ne joue pas au commercial de soi-même. On ne gonfle pas sa poitrine et on ne s'essaie pas au *bel canto*. Et ce n'est pas parce que nous sommes plus humbles que les autres : c'est parce que nous sommes plus superstitieux.

S'il faut l'expliquer : dans ma famille, on applaudit, bien sûr, quand l'un d'entre nous dévoile aux autres sa nouvelle voiture, son nouveau canapé, sa nouvelle télévision. Mais justement : celui qui dévoile sa nouvelle acquisition semble toujours à la fois immensément fier et terriblement gêné. Il dévalorise tout devant nos yeux qui auraient pu être éblouis. Le diamant devient zircone ; l'or simple, plaqué ; le cuir, simili. Adolescent, je m'amusais de ces inévitables dévaluations, et j'aimais assez mettre mes proches dans l'embarras. Je rendais visite à un de mes oncles : « Je suis passé devant ta chambre, et j'ai vu ton nouveau lit. On dirait celui d'un roi ! – Oh, s'écriait-il aussitôt, tu exagères ! C'est un modèle de base, et le sommier grince déjà ! » Je me tournais vers une de mes tantes : « Et tes vacances à Corfou ? Ça semblait incroyable ! – Trop de monde, trop de bruit, et mauvais temps », répondait celle qui avait la peau hâlée et les traits reposés… Tous avaient toujours cette idée en tête : ne pas attiser l'envie. Sinon ? Sinon, ils savaient qu'ils risquaient de se prendre une baffe de la part de Dieu…

J'ai vécu au sein d'une famille qu'on qualifierait peut-être aujourd'hui de paranoïaque, qui sentait partout la présence négative des envieux, des jaloux, et partant, du mauvais œil. Le mauvais œil ! Enfant, je comprenais peu cette expression, alors qu'elle est très claire : c'est toujours l'œil de l'autre. Il ne faut pas attirer ses regards. Et donc : il ne faut pas se vanter. « On doit toujours parler de soi en *moi*-bémol », répétait une de mes tantes. Mes parents n'étaient pas les derniers à craindre ce qu'ils appelaient aussi entre eux, et jamais à voix haute : *la scoumoune*. Je me souviens qu'ils avaient fait construire une pergola à l'arrière de notre pavillon, avec un salon de jardin, des chaises longues, et même une petite balancelle. J'avais une dizaine d'années et, moqueur, j'avais demandé : « À l'arrière de la maison ? Pour que personne ne nous voie ? » Ils s'étaient regardés, et ils avaient ri en me corrigeant : « Pour que personne ne voie notre nouvelle pergola. »

J'ai longtemps trouvé leur réponse aberrante ; jusqu'au jour où je suis allé au collège avec de nouvelles baskets, toutes blanches. Je faisais la queue pour entrer dans le réfectoire de la cantine, et des camarades de classe, des amis donc, ont décidé de « baptiser » mes nouvelles baskets. Ils se sont mis à marcher dessus. Tandis qu'ils riaient, tandis qu'ils me marchaient dessus en marchant sur mes belles baskets, je voyais leur cuir si clair se salir, devenir moins beau, moins blanc. Mes chaussures redevenaient affreusement normales. Elles rentraient dans le rang. Et moi aussi je redevenais normal ; et moi aussi je rentrais dans le rang.

Je compris ce jour-là de quoi ma famille se méfiait tant. J'aurais dû cacher mes nouvelles baskets comme mes parents cachaient leur nouvelle pergola. Que se passe-t-il chaque fois que l'on dévoile la blancheur de ses chaussures ? Chaque fois que l'on se montre trop fier de sa nouvelle voiture ? Chaque fois que l'on fait savoir son savoir-faire ? Action, réaction : le destin nous punit. Les chaussures sont salies. La voiture tombe en panne. Le sort s'acharne et nous remet à notre place. Il y avait des dizaines d'autres exemples autour de nous. Ma grand-mère, qui souffrait depuis des années d'une paralysie faciale, était ainsi persuadée qu'on avait trop vanté sa grâce et sa beauté. (Comme elle avait honte de son visage, elle refusait d'apparaître sur les photos ; et je n'ai que ma mémoire à présent pour revoir ses traits et pour baiser ses yeux.) On me racontait aussi très souvent l'histoire de Joseph Gallindo, le cousin de mon grand-père, qui avait été le premier de la famille à posséder une télévision, à Meknès. L'histoire est invraisemblable mais je la raconte quand même. Un jour, sa belle télévision tomba en panne. Joseph la mit dans sa camionnette pour l'emmener en réparation. À un carrefour, hélas, sa camionnette croisa un tracteur. Le tracteur allait vite (aussi vite que peut aller un tracteur) ; la camionnette ne roulait pas lentement. Joseph Gallindo freina autant qu'il put. Son véhicule se renversa. La télévision traversa l'habitacle et défonça la tête du conducteur. Joseph Gallindo mourut sur le coup. Mort à cause d'un tracteur, résumèrent les journaux. Mort à cause de sa trop belle télé, répète-t-on dans ma famille, même soixante-dix ans plus tard.

Ainsi, s'efforçant d'être plus prudent que ceux qui nous avaient précédés, chacun dans ma famille traversait la vie comme un enfant traverse la rue : en regardant d'abord à gauche, puis à droite. Et puis encore à gauche. Et une dernière fois à droite. Tous se défiaient de tous et de tout, et s'il faut encore parler de moi, j'ai parfois été oublieux de leur expérience, et j'en ai chaque fois payé le prix. Vers treize ans, je remportai le concours d'échecs de mon collège. On me remit un trophée de fer-blanc que je posai dans ma chambre, près de la fenêtre. Ma mère m'embrassa, bien sûr, me félicita. Mais en voyant le trophée si près de la fenêtre, elle soupira : « On ne peut pas le mettre là : il va se voir. » J'avais mon petit orgueil et je refusai de me soumettre à la discrétion maternelle. Mal m'en prit : le lendemain de ce jour triomphal, je laissai mon vélo quelques instants, à peine cinq minutes, sur notre trottoir. Un VTT bleu et blanc, presque neuf. Quand je revins le chercher : il avait disparu. On me l'avait volé ? Abasourdi, je courus voir ma mère. Elle se mit à réfléchir. Elle ne réfléchissait pas à la façon de retrouver le voleur ; elle réfléchissait à la cause de ce vol. « C'est bien avec ce vélo que tu te rends le samedi à ton club d'échecs ? » J'acquiesçai. Ma mère me regarda en haussant les épaules. Elle lâcha comme une évidence : « Je te l'avais pourtant expliqué. Le mauvais œil est partout, surtout dans un lotissement rempli de voisins. Range ton fichu trophée. » Comme elle voyait que je refusais toujours de céder à sa folle prudence, elle ajouta : « Range-le, s'il te plaît. Sinon, on va nous cambrioler la maison. » Je trépignais, refusant d'être la cause d'un si funeste événement. Le trophée de fer-blanc finit dans un tiroir (le même tiroir où je rangeais mes chaussettes) ; et c'est vrai que personne ne fut cambriolé.

Coluche et Prométhée

Il ne faut pas qu'un clou dépasse. C'est la règle, sinon le marteau frappe sur le clou. Simple. Basique. Entre le stoïcisme et le taoïsme. Bien sûr, c'est avec ce genre de philosophie que l'on rate les grandes occasions de sa vie, ou que les dictatures s'éternisent. Disons que ça ne facilite pas les révolutions. Mais pour ma famille, c'était trop risqué : si l'on faisait signe aux dieux d'une manière trop évidente, les dieux ne semblaient avoir d'autres choix que de nous punir. Les Grecs appelaient cela l'hubris : toute prétention excessive à une supériorité parmi les hommes amenait une réponse vengeresse de la part des dieux. Je pourrais citer Prométhée, Icare, Marsyas, Midas. Ma tante Eulalie, la pianiste parano du « *moi*-bémol », dévorait *Paris Match* chaque semaine, et elle citait d'autres noms. Elle disait que c'était pour cela que Coluche avait eu un accident de moto. Elle expliquait également ainsi la mort de Balavoine, et même l'accident du fils de Romy Schneider. Entraînée dans sa pente, qui semblait convoquer le pire, elle en rajoutait devant tous ces gamins que nous étions, tous les cousins bouche bée devant elle, Aline, Christophe, Claude, Véronique, Zoé. Moi. Elle parlait du petit Grégory, de Sacha Distel, de John Lennon, des Kennedy. Je tournais la tête : personne n'osait rire. Personne ne voulait lui rétorquer qu'elle était folle. Personne n'avait envie d'être le prochain sur sa liste.

La main de Fatma

Le Maroc, où ma famille a vécu pendant des années, a laissé sur mes proches son empreinte qui a la forme d'une main. J'ai l'impression que cette main se colle à leur bouche dès qu'ils pourraient dire quelque chose de bien sur eux-mêmes ; contre leurs oreilles, dès qu'ils entendent un compliment sur eux, ou sur ceux qu'ils aiment. Comme un immense interdit qui viendrait de très loin, entravant toute parole positive. Ils mettent cette main devant leur bouche ou contre leurs oreilles ; mais ils la portent aussi autour du cou. C'est alors une main bizarre, impossible parce que parfaitement symétrique, en plaqué, en cuivre ou en étain, et dotée d'un minuscule œil bleu en son milieu. Le bon œil contre le mauvais œil, j'imagine. Ils nomment cette amulette : *la main de Fatma*. (Il ne faut pas confondre les amulettes et les talismans. Les amulettes protègent des mauvais sorts. Les talismans donnent des pouvoirs magiques. Ma famille porte des amulettes et redoute les talismans.) Éloge du multiculturalisme : chez nous, on baptise les nouveau-nés, on met autour du cou des enfants une petite chaîne avec une belle croix en or ; puis, parce que le monde est terrible et les dangers partout, on ajoute très vite à cette chaîne un autre bijou. Une main de Fatma.

C'est ceinture et bretelles.

L'Espagne et le Maroc.

Tous les gens de ma famille portaient autour du cou cette toute petite main, qu'on nomme aussi *khamsa* – cinq en arabe, tels les cinq doigts qui la composent. Mais il existait des subterfuges si l'on ne portait pas cette amulette alors qu'on en avait besoin : il restait notre propre main, qui pouvait aussi bien chasser les mauvaises ondes. Je ne devrais pas le révéler, mais quand quelqu'un me complimente exagérément pour un de mes livres, dans une soirée, une librairie, un bar : ma main disparaît encore derrière mon dos, je la ferme et je l'ouvre plusieurs fois. Je dis dans ma tête ce mot râpeux, magique, si proche de « abracadabra » : « Khamsa ! » Je ne crois pas que l'ami devant moi me veuille beaucoup de mal, mais on ne sait jamais. Le pauvre ne sait pas ce qu'il fait en me complimentant. Il ne sait pas qu'il peut m'attirer les foudres du destin, et qu'à cause de lui, peut-être, mon prochain livre sera moins bon… Évidemment, mes parents m'ont appris à ne jamais ouvrir franchement la main devant celui qui ainsi me félicite. Ce serait lui dire très impoliment : « Tu vas me porter malheur ! » De la même manière, ils m'ont appris à ne jamais dire « khamsa ! » très fort, parce que mon interlocuteur pourrait mal le prendre, voyant que je me défends de sa malignité… Je me souviens qu'un jour, pourtant, j'ai manqué de discrétion et de tact à ce sujet… Je devais avoir quinze ou seize ans, et tandis que ma mère expliquait à notre voisin combien j'étais bon élève, je refis machinalement ce geste protecteur. Je mis ma main derrière mon dos, et je l'ouvris et la fermai plusieurs fois. Je croyais avoir été discret. Ma mère interrompit ses éloges, regarda de mon côté, ahurie, les yeux ronds. Elle s'emporta : « Comme si moi, ta propre mère, je pouvais te donner le mauvais œil ! Mais il est idiot ce gamin ; il est même complètement taré ! » Le voisin bien sûr demeurait abasourdi. Ma mère venait de lui vanter ma finesse d'esprit depuis dix minutes ; et soudain elle m'injuriait, hurlant que je n'entendais vraiment rien à rien…

Koutoufatou

C'est un petit mot bizarre, peut-être même barbare, que j'ai utilisé bien des fois pendant mon enfance, que je ne comprenais pas bien. (Mon enfance et ce mot.) *Koutoufatou*… J'écris ce terme comme je l'ai toujours entendu, d'une manière incertaine et phonétique donc, sans pouvoir assurer le lecteur de sa graphie. Mieux ne puis : chaque famille transmet oralement (est-ce par peur, honte, orgueil ?) les croyances qui la nourrissent et les peurs qui la fondent. Nul grimoire n'existe jamais au fond de nulle armoire – et sans doute suis-je le premier à écrire ce petit mot bizarre, peut-être même barbare. En tout cas, *koutoufatou* offrait à ma famille une défense très efficace contre le cours du monde, qui, comme chacun sait, va à sa perte. Ces quatre syllabes incongrues, qu'il ne fallait jamais prononcer pour rien, dont la combinaison était notre secret et qui de toute façon ne signifiait rien pour les autres, recelaient un grand et merveilleux pouvoir, puisqu'elles permettaient d'agir, ou en tout cas de faire quelque chose, dans cette existence où nous semblions trop souvent subir les événements.

Oui : ces quatre syllabes nous accordaient la chance, le réconfort, ou juste l'illusion, de ne plus être passif ; et l'on avait l'impression, les faisant jaillir de nos bouches, de s'opposer enfin au désordre, de ralentir un peu la folle entropie du monde.

Un beau matin, nos clés disparaissaient. On ne retrouvait plus un courrier important. On avait égaré un stylo auquel on tenait, un collier ou une montre qui nous plaisait beaucoup. Coutumière catastrophe : quelque chose qui aurait dû être là ne l'était plus. « Ce n'est rien, promettait ma mère : on va faire *koutoufatou.* » Devant notre affolement et malgré nos visages agacés, elle prenait le problème à bras-le-corps, et je la revois foncer vers la cuisine, ouvrir quelques tiroirs, choisir un vieux torchon, puis le déplier d'un large coup de poignet, pour réaliser tout simplement, et calmement… un nœud. Pas un de ces nœuds pompeux qu'on trouve dans les encyclopédies ; pas un nœud de pêcheur, ni de dragonne ni de meunier ; un nœud banal et très simple suffisait à ces sortilèges. Ma mère remettait précautionneusement dans le tiroir le vieux torchon ainsi noué. « N'y pensons plus ! » concluait-elle, comme si cela était possible. Devant ma moue, elle ajoutait chaque fois : « Si on y pense, tu sais bien que ça ne fonctionnera pas ! » Sans doute était-ce alors la véritable épreuve : il fallait oublier ce bel objet oublié, et puis même ce qu'on venait de faire. Il fallait perdre la perte. Ce n'était pas facile… Mais si on respectait ces règles, l'objet perdu réapparaissait inévitablement, quelques heures ou quelques jours plus tard, au détour d'un regard, sur une table basse, une étagère…

Toutefois, le rite ne s'achevait pas devant le happy end de cette épiphanie. Ma mère nous prévenait chaque fois avec ce doux sérieux dont elle faisait preuve et qui m'émeut encore : « Il faut maintenant récupérer le torchon, et défaire son nœud très vite. » Bien sûr, elle accordait le geste à la parole, et courait en chaussons vers la cuisine. Elle rouvrait quelques tiroirs, apercevait le torchon qui avait si bien travaillé, le dénouait avec respect et délicatesse, et avec aussi un soupir de soulagement. J'étais émerveillé et moqueur : « Sinon, tu crois qu'il se passerait quoi ? » Ma mère, son pauvre torchon tout froissé à la main, n'osait répondre, afin sans doute de ne pas participer au blasphème que j'initiais. Mais les autres adultes étaient là, qui avaient bien plus d'expérience que moi, et bien moins d'humilité qu'elle : « Sinon ? N'essaie pas, mon garçon : l'objet que tu viens de retrouver disparaîtrait pour toujours. »

Cette étrange menace, et l'assurance avec laquelle les adultes la prononçaient, m'a souvent fait rire davantage que le torchon noué vers lequel on courait, terrifiés… Mais tout de même, combien de fois j'aurais voulu que ma mère aille moins vite pour dénouer son torchon ! Combien de fois j'aurais voulu qu'elle oublie au fond du tiroir ce nœud magique, pour qu'alors, mes yeux fixés sur l'objet réapparu, lunettes, montres, clés, courrier, je pusse les voir s'effacer du réel ! J'aurais tout donné pour que ce nœud si puissant devienne le trou noir qu'on m'avait promis.

J'ai découvert par la suite, à travers mes voyages et mes rencontres, que cette coutume n'était pas propre à ma famille, et que de nombreuses personnes l'utilisaient, en Tunisie, en Algérie, au Maroc. Mais là-bas les choses sont plus claires, on nomme ce rituel *le nœud du diable, le nœud de Myriam... Koutoufatou* reste donc un terme unique et bizarre et propre à mes proches.

Tout de même : comment cette idée – faire un nœud pour retrouver un objet – a-t-elle bien pu se répandre dans le monde, avec un tel succès ? C'est cela qui m'épate quand j'y songe : l'absence de lien que les gens admettent fièrement entre un problème et sa solution. *Être superstitieux*, au bout de compte, c'est cela : établir des liens inadéquats, hautement improbables, à la fois ridicules et insensés, entre une cause et un effet. Porter un vêtement rouge pour réussir dans la vie... Verser dans le verre de quelqu'un des herbes en poudre pour qu'il nous aime. Ouvrir la main derrière son dos pour retenir la chance... Nouer un torchon pour retrouver un objet... J'en discutais il y a quelque temps avec un ami médecin ; je lui parlai de ma famille, et me moquai de nos superstitions. Thomas, c'est ainsi qu'il s'appelle, a souri (il semble toujours tout savoir, c'est à la fois pratique et agaçant), puis il m'a répondu : « Quand quelqu'un de ta famille fait *koutoufatou*, ou quand quelqu'un en Tunisie, en Algérie, fait un nœud pour retrouver un objet, que se passe-t-il vraiment dans son cerveau, au beau milieu de ses neurones ? Pourquoi ces invocations insensées fonctionnent-elles ? C'est très simple : on appelle cela un "processus de concentration induite". Tu vois, au moment où nous nous rendons compte que nous avons perdu quelque chose, la compulsion prend toujours le dessus : nous bousculons tout, nous cherchons sans système, sous la pression des conséquences de cette perte… Bref, nous nous éparpillons. De sorte que très souvent il n'y a pas d'objets vraiment perdus : juste des gens qui s'affolent. Mais ouvrir un tiroir, trouver un torchon, y faire un nœud, demander d'une manière rituelle à ce nœud, à ce torchon, de retrouver l'objet à notre place : tout cela prend du temps, et permet de rétablir en nous l'attente et le calme. Quel trésor fabuleux ! De la détente et un système : c'est ce que *koutoufatou* apporte à ta famille. Cette détente passagère, et le fait de puiser dans sa mémoire pour suivre correctement le rituel réactivent les connexions neuronales, et facilitent le retour des souvenirs. De tous les souvenirs… Dont celui-ci, évidemment, de la place de l'objet perdu. »

J'ai remercié mon ami médecin, je lui ai même payé une bière ; mais j'étais contrarié aussi. Il ne faudrait révéler de secrets à personne. Ce mot pour moi demeurait plus qu'un mot. Je l'avais si souvent entendu ! J'avais si souvent vu ma mère, ou l'une de mes tantes, courir dans un couloir, jusqu'à se cogner aux murs, pour défaire ce nœud qu'elles avaient fait ! *Koutoufatou* restait le secret et le totem de tous mes proches, leur magnifique remède contre la perte.

Parfois, je m'interrogeai plus encore : qu'avaient-ils donc perdu de si rare, de si important, et quand, pour faire de ce mot qui n'existait même pas le mantra de notre famille ? Quelle perte les avait épuisés pour qu'ils en arrivent à forger un tel stratagème, pour qu'ils fassent en sorte de toujours tout retrouver ? Qu'est-ce que je ne voyais pas, qui était absent mais qu'eux hallucinaient ? Je n'ai bien sûr jamais posé ces questions très intimes à mon ami médecin. Il aurait tout gâché.

Une avalanche de pouvoirs

Dans certaines familles, on se murmure à l'oreille des trésors de cuisine, des recettes confidentielles, des ingrédients mystères, pour que la tarte soit divine et que la viande soit fondante. Dans ma famille, les adultes ne partageaient pas entre eux les secrets de leur béchamel, mais ils échangeaient plus généreusement leurs trucs et astuces pour entendre le destin, et pour se faire entendre de lui. On m'a dit un jour que les Juifs obéissaient à 613 commandements, divisés en 248 commandements positifs (« Fais… ») et 365 commandements négatifs (« Ne fais pas… »). Le protocole superstitieux de ma famille dépassait ce chiffrage déjà faramineux. Quelle enfance ! Quel enfer ! Très vite, il ne suffisait plus de faire ses devoirs ni de se nettoyer derrière les oreilles. Il ne suffisait plus de rentrer à l'heure ni de mettre la table. Il ne suffisait plus d'être souriant, poli, honnête, patient, bon camarade attentif, reconnaissant, obéissant, serviable et discret : tous nos gestes et nos pensées étaient parasités par d'autres règles et coutumes, par centaines, écrites nulle part, mais qu'il fallait respecter à la lettre.

Mes proches ne s'attardaient guère devant leur horoscope. « Comment ça pourrait être vrai ? » Pour le reste, ils croyaient en à peu près tout, et d'autant plus si cela paraissait absurde. Malgré le bureau ou l'usine, le travail le plus important de leur journée consistait à repérer les signes discrets, minimes mais tangibles, que leur envoyait le destin. Quelque chose tombait des mains de ma mère ? « Oh non ! On parle de moi ! » (Si on parlait de nous, c'était toujours mauvais signe.) Quand un cadre se décrochait d'un mur, il fallait également y voir un horrible présage – pour celui qui était sur la photo. C'est ainsi que ma tante Eulalie appela un jour mes parents, essoufflée, paniquée, pour les prévenir : « J'étais seule, et le petit portrait que j'ai de Laurent, près de la télévision, est tombé. Sans que je le touche ! » J'avais treize ou quatorze ans, c'était le début des vacances de la Toussaint, et je dus passer plusieurs jours dans ma chambre, bien à l'abri du monde, impuissant. M'est avis que c'était ce piège cubiculaire, ces journées sépulcrales, dont le cadre avait voulu m'avertir ; il était devenu la cause de mon malheur, lui qui se pensait présage… Les arcs-en-ciel pouvaient aussi porter la poisse, si on les montrait de la main ; mais ils restaient autrement très positifs et annonciateurs d'heureux événements. Un oiseau qui entrait dans la maison, et qui se mettait à voler partout, à se cogner aux murs, aux fenêtres, était le signe évident que quelqu'un de notre entourage allait mourir. Les adultes nous grondaient : « Pourquoi l'avez-vous laissé entrer ? », comme si notre étourderie allait vraiment précipiter la disparition d'un de nos proches…

Nous n'imaginions pas détenir un tel pouvoir de vie et de mort, et la culpabilité comme le désarroi nous empêchaient pendant quelques nuits de dormir du sommeil du juste.

Parfois, heureusement, les présages étaient plus rassurants et promettaient de belles récompenses. Quand la lèvre supérieure nous grattait, cela signifiait que nous allions revoir un ami perdu de vue depuis longtemps. Alors, comme nous dévisagions les gens dehors ! C'était impoli sans doute, mais nous avions une bonne raison. Un autre présage que j'aimais beaucoup : lorsque nous nous déchaussions d'un coup de pied, et que les deux chaussures se chevauchaient au sol, cela annonçait que nous allions bientôt partir en voyage…

Chaussure, cadre, lèvre, oiseau, arc-en-ciel : l'univers conversait ainsi avec nous, plein de tact et d'humour.

Durant cette étrange enfance, les adultes nous enseignaient également quelques gestes à faire. Peu, car le destin ne se commande pas. Cependant, il était toujours bon de toucher du bois si dans une conversation on se projetait dans l'avenir. Boire dans le verre de quelqu'un aidait à connaître ses pensées et jusqu'à ses sentiments. Déposer un couteau sous son oreiller était peut-être risqué, mais très pratique pour éviter les cauchemars, surtout après un gros repas. Les étoiles filantes, utiles pour réaliser nos vœux, devaient être vues filant de la gauche vers la droite – sinon c'était peine perdue. Nous recherchions les vendredis 13 dans les calendriers, les trèfles à quatre feuilles dans les parcs, et les bibelots en forme d'éléphant dans les brocantes. Toutefois, le plus efficace pour avoir de la chance, et pour éviter le plus longtemps le mauvais œil, consistait à laver le seuil de sa maison avec de l'eau de mer. Le dernier jour de plage, à la fin de chaque mois d'août, juste avant de monter dans la voiture, nous partions ainsi extorquer à la mer quelques litres de son eau bénite. J'ose cette image parce que ma mère marchait sur la plage comme on entre dans une église : le pas calme, en silence, le visage grave malgré le soleil. Je l'accompagnais parfois, mais elle appréciait peu ma présence : mes gloussements lui semblaient des sacrilèges. « Si tu viens, tu ne te moques pas ! » Je promettais bien sûr ; puis je parjurais. Je voyais ma mère hésiter sur le sable, psalmodiant des mots que je n'entendais pas ; puis, quelques bouteilles vides à la main, elle entrait dans l'eau jusqu'aux cuisses, car on ne pouvait décemment utiliser l'eau du bord de mer, pleine d'écume et sans pouvoir. Ce sortilège puissant nécessitait l'eau issue de la septième vague… « La septième à partir de quoi ? Du moment où tu es sur la plage ? Où tu es entrée dans l'eau ? Et si tu la rates, tu dois recompter jusqu'à sept ? » Je n'eus jamais de réponse, car ma mère me chassait rituellement après de telles questions. Elle avait raison. J'étais la vaine mouche du coche. Sa tâche à elle était terrible, essentielle, magnifique – protéger ceux qu'elle aimait pendant toute une année.

Après la farandole des signes à voir et la valse des gestes à faire, nous dansions également la sarabande des gestes à éviter – en fonction de l'heure qu'il était, ou de l'endroit où nous nous trouvions. Ainsi, après avoir ouvert la porte de la maison, nous ne devions jamais jouer avec le trousseau de clés, car cela provoquait infailliblement des disputes. Il fallait aussi faire attention, dans le couloir, à ne pas écraser les fourmis qui pouvaient s'y trouver, car elles apportaient ce que les adultes nommaient « une grande baraka ». Si j'ignorais ce que signifiait ce mot, il avait visiblement un sens positif… Enfin, mes parents s'étouffaient de colère si nous entrions dans la maison avec un parapluie ouvert. Ils ne s'inquiétaient pas pour le parquet ou le tapis ; plutôt pour ce que notre désinvolture semblait affirmer. « Avec le toit qui nous protège déjà ! Tu montres que tu n'as pas confiance en Dieu ! »

Au dîner, nous évitions bien sûr de croiser nos couverts, et nous faisions attention de ne pas poser le pain à l'envers. Il était interdit de prendre un couteau pour le trancher : on le rompait ostensiblement à la main. Celui qui mettait la table devait s'assurer de la présence de la salière bien avant que les autres ne s'asseyent. Hélas, si l'un de nous faisait tomber un peu de sel du côté gauche, nous nous regardions avec effarement : tous ceux qui étaient attablés connaîtraient de la malchance « le jour le plus beau de leur vie ».

Dans la chambre, pas de chaussures sur le lit. Ce n'était pas qu'une question de propreté ; cette réminiscence d'un gisant, tout le monde en était sûr, « appelait la Mort ». Même l'emplacement du lit obéissait à une consigne secrète, et il ne fallait jamais dormir la tête près de la porte. J'ignore l'origine de ce feng shui mystique ; mais je me souviens d'avoir reçu une gifle le jour où j'essayais d'expliquer que le pire était pourtant quand on ressortait d'une chambre « les pieds devant ».

Si petite que fût notre salle de bains, elle recelait des pièges innombrables. Il était interdit de prendre un bain chaud le soir, comme de verser le restant de la bouilloire ou de la théière dans le lavabo (à cause des djinns). Dès qu'un miroir se brisait, même en un coin, il fallait le remplacer dans la journée – mais à l'inverse, le verre blanc brisé, qu'il fût ancien ou récent, était toujours un grand signe de bonheur. Nous évitions de mettre à la poubelle des ongles ou des cheveux : quelqu'un aurait pu les utiliser pour jeter un mauvais sort. (Afin de rendre plus difficile la tâche de ce sorcier : nous coupions tout en mille morceaux.) Si nous nous étions blessés, brûlés, écorchés, nous appliquions comme tout le monde une pommade sur notre blessure ; mais il ne fallait pas ensuite essuyer nos mains avec une serviette. Autrement, tout le caractère bénéfique de la pommade, où qu'elle fût, et notamment sur notre blessure, disparaissait.

Dans le jardin, nous pouvions planter toutes les fleurs, sauf la rose mauve, l'anémone violette, la misère (peu importe sa couleur) et évidemment le chrysanthème. Quand ma sœur eut vingt-cinq ans, et qu'elle dut « coiffer catherinette », ma mère et ma tante Eulalie entreprirent de jeter tous les pots d'hortensias qui ornaient nos fenêtres. « *Hortensias, no te casa* », leur avait-on rappelé. « Là où il y a des hortensias, on ne se marie pas. »

Voilà : je crois que j'ai fait le tour du propriétaire. Dans chaque pièce de la maison, la chambre, la cuisine, la salle à manger, la salle de bains, dans le jardin, avec mon père, ma mère, mes oncles, mes tantes, il y avait toujours une manière spécifique et secrète d'écouter le destin, et ne pas attirer sur nous cette fichue *ironie du sort*… On pourrait lire le récit que je viens de faire comme un manuel bizarre, une folle anthologie tirée d'une famille plus folle encore. J'imagine qu'on pourrait sourire, se moquer… J'étais né dedans : je ne souriais pas toujours, découvrant partout le double-fond de nos existences, rougissant de ne jamais rien voir là où, de l'avis de tous ceux que j'aimais, il y avait immensément quelque chose.

Une avalanche de peurs

Très vite, j'ai compris que si nous possédions tant de solutions contre tout, c'est parce que tout, pour ma famille, posait problème. Une inquiétude perpétuelle ridait le front des adultes, pour qui les récifs et les périls devaient visiblement éclore par centaines – et toujours dans notre périmètre. Et comme ces dangers s'accumulaient chaque jour, à chaque occasion et en chaque lieu : rien dans mon enfance ne fut vraiment possible. J'ai déjà raconté, dans *Les Récidivistes*, comment ma mère paniquait s'il nous arrivait de rentrer quelques minutes en retard. Elle tremblait de tout son corps : « Vous imaginez la peur que j'avais ? »

Voilà bien quelque chose qui nous était impossible. Je ne sais pourquoi les gens répètent à l'envi que les enfants disposent d'une imagination débordante : les adultes nous battaient chaque fois à plate couture. On voyait qu'ils tremblaient au moindre changement dans leur vie, à la moindre nouveauté dans leur journée ; et, à la vérité, ils semblaient vivre dans un très mauvais film d'horreur. J'avais douze ou treize ans, et si je leur demandais la permission de rejoindre mes amis à la patinoire, ils me regardaient peinés et compatissants, effarés par mon inconscience : « Mais si tu tombes les mains en avant, qu'un de tes amis passe à toute vitesse, et qu'il te coupe les doigts avec les lames de ses patins[1] ? » Ces sages me sauvaient d'un malheur auquel je n'avais absolument pas songé… Ainsi, il n'y eut jamais pour moi de patinoire. Jamais de rollers ni de skate. Jamais de ski, de snowboard – pas même de luge. Évidemment : jamais de varappe, de motocross, de saut en parachute ni à l'élastique. Tout cela apparaissait pour ma famille « immensément risqué ». Je songe parfois à la belle rime qu'on trouve dans le *Bajazet* de Racine : « S'il sort / Il est mort. » Ç'aurait pu être notre devise. C'était en tout cas la principale leçon que me donnèrent les adultes. Comme le monde et ses événements nous voulaient continuellement du mal, nous ne pouvions jamais baisser la garde.

---

1. Ma mère encore, il y a quelques jours, alors que j'ai quarante-cinq ans et qu'en voulant me lever du fauteuil j'ai très légèrement basculé : « J'ai cru que ta tête allait taper le coin de la cheminée et que tu allais mourir devant moi. »

Nous devions rester méfiants, partout, toujours. Dès lors, c'est vrai que je n'eus jamais de bras cassé ni d'entorse ; mais doutez avec moi si j'eus une véritable enfance.

Tant de pouvoirs et d'astuces ésotériques demeuraient très peu commodes pour ce qu'on appelle la vie courante. Je me souviens encore : mes parents refusaient que nous partions en vacances dans un pays dont ils ne comprenaient pas la langue. « Et s'il arrive un problème ? Imagine que l'un d'entre nous tombe malade, et qu'on n'arrive pas à se faire comprendre à l'hôpital ? » Alors les vacances, pour nous, c'était toujours l'Espagne – car tout le monde chez moi parlait espagnol. Ne pensez pas au Mexique ni à l'Argentine, non plus qu'à Majorque, Tenerife ou Lanzarote : il aurait fallu prendre l'avion… Monter à 10 000 mètres d'altitude, pour foncer à 900 km/h : solidement accoudées à la grande table familiale, toutes mes tantes éclataient de rire rien qu'à prononcer de telles absurdités.

Évidemment, tout semble très dangereux à ceux qui regardent de très près. Mais tout de même, où mettre le curseur ? Mon grand-père tenait à fermer les volets de sa maison avant que le soleil ne se couche, et jamais plus tard. « Et si quelqu'un attend pour pénétrer dans la maison ? Quand la nuit est tombée, c'est l'idéal pour lui : on ne le verrait pas. » Ma grand-mère se désintéressait des couchers de soleil ; mais chaque matin, avant de faire ses courses, elle n'acceptait de quitter sa demeure qu'après avoir vérifié, pendant de longues minutes, que la cuisinière était bien éteinte, et que le gaz ne fuyait pas. « Il ne faudrait pas qu'on revienne et que toute la maison ait explosé… » Je l'entends encore, baissée devant les brûleurs, égrenant son chapelet rassurant : « Fermé, fermé, fermé, fermé. » Pour eux, le pire était toujours le plus sûr, et ils l'avaient enseigné à tous leurs enfants. Ma tante Jeannette achetait toujours deux fois le même pull, le même pantalon : elle savait qu'un jour son beau vêtement allait décolorer ou rétrécir au lavage. Mon oncle Michel adorait partir à la pêche, mais il refusait de nous emmener avec lui : un hameçon pouvait très bien s'accrocher horriblement à une jeune paupière… Bien sûr, ni mon grand-père, ni ma grand-mère, ni aucun de leurs enfants n'apprirent jamais à se servir d'un ordinateur, d'un smartphone ou d'une tablette. Ils refusaient même d'y toucher. « On aurait peur de tout casser ! » Ainsi vivaient-ils dans une crainte transmise de génération en génération, dont ils furent à la fois les relais et les victimes. Une crainte sourde, asphyxiante, immense, et immensément vaine, dont j'ai mis longtemps à me débarrasser.

La guêpe et la rose

Je pensais être un peu différent d'eux, de mes parents, de ma famille, puisque regardez-moi : je semble ici le grand moqueur. Mais hier soir, dans le jardin d'Orléans, j'ai cueilli une rose. Une belle rose rouge que j'ai regardée, tournée en tous sens. Je n'ai pas osé approcher mon visage pour respirer son parfum. J'ai pensé : « Et si une guêpe se cachait au fond de cette fleur ? » Ainsi, je n'ai pas le choix : je vais devoir poursuivre ce livre, pour échapper à ce que ce livre dit. Je vais devoir tout écrire, pour que ma vie soit un peu moins écrite.

II

Leurs drôles de vies

Deux fois Antoinette et Michel

Je n'ai jamais importuné les membres de ma famille avec trop de questions – je ne suis pas très sûr qu'ils y auraient répondu. S'ils me parlaient du passé, de leur vie au Maroc, c'était le plus souvent à demi-mot, en maugréant – comme si remuer trop de souvenirs risquait d'éveiller quelque mauvais génie. Il me fallut beaucoup de temps et pas mal de tact, déployer envers eux des trésors de patience et d'ingéniosité, mais enfin : voici ce qu'enfant je ne savais pas et que je sais à présent. Quelques histoires que j'ai glanées au fil des ans ; des fragments de leur jeunesse, qui permettent de comprendre pourquoi ils avaient si peur de vivre, et pourquoi ils nous imposaient tant de rites et de superstitions.

Ma mère s'appelle Marie Antoinette Macias. Elle est née le 14 février 1948 à Casablanca, de l'union de Juan Macias Galindo et d'Antoinette Dalorto Celix. J'ai déjà évoqué la paralysie faciale dont ma grand-mère fut victime vers l'âge de quarante ans, et qui lui causait tant de honte. Alors tournons-nous vers son enfance.

Tout avait commencé avec ses parents, mes arrière-grands-parents, dans une sorte de comédie romantique qui vira au drame. Lui était issu d'une famille aisée ; elle, d'un milieu très modeste. Ils s'étaient rencontrés lors d'un bal, et ç'avait été le coup de foudre. Bon gré, mal gré, on célébra leur mariage, et même la naissance de leur premier enfant, Michel. Ensuite ? Ma grand-mère fut conçue. Ensuite ? Ceux qui disent que le destin est joueur n'osent pas révéler plus simplement qu'il est cruel : le père de ma grand-mère mourut – rupture d'anévrisme – avant même qu'elle ne vît le jour. Sa mère, accablée par le chagrin, par le manque d'argent qui se profilait, et par la perspective d'élever seule ces deux enfants, survécut à peine à l'accouchement – et s'éteignit trois mois plus tard.

Et voilà les deux gamins, à peine nés, déjà orphelins.

Les deux familles endeuillées, dans leur mauvaise sagesse, et parce qu'elles voulaient chacune un fragment de ce bonheur qui n'avait pas eu le temps d'éclore, décidèrent de séparer le frère et la sœur. Michel fut confié à la tante maternelle (la branche pauvre), Antoinette à la tante paternelle (la branche riche). Deux foyers : deux destins, choisis ainsi à la va-vite, presque à pile ou face. On fit d'Antoinette une charmante poupée bien coiffée, on l'entoura, on la choya. Michel connut une enfance qu'on dira poliment plus frugale. Chaque jeudi, on les réunissait pour quelques heures. Il fallait les voir dans les rues, cette fillette si jolie, qui riait en compagnie de ce petit garçon au visage émacié… Les passants se retournaient, interloqués par ce duo que tout semblait séparer. Eux s'en moquaient : ils se croyaient cousins, et avaient leur monde à eux, leurs jeux mystérieux, leur langue secrète.

L'enfance va vite ; du jour au lendemain on peut changer de camp. Antoinette passa du côté des adultes à quatorze ans, parce qu'en feuilletant par hasard le livret de famille, elle apprit la vérité. La mort de ses deux parents, l'adoption par son oncle et sa tante, la séparation d'avec son frère… Son monde vola en éclats. La jeune fille en voulut à tous, et surtout à elle-même – elle qui demeurait rouge de honte de l'aubaine qu'elle avait eue. C'était donc ça, la vie ? Un dégoûtant jeu de hasard ? Elle repoussa ceux qui lui avaient menti. Elle ne pensait qu'à son frère Michel. Lui était innocent ; il avait été comme elle, floué, trahi. Leur complicité se renforça de cette révélation.

À seize ans, en se promenant dans le parc Lyautey de Casablanca, Antoinette rencontra mon grand-père, Juan, qui en avait vingt-trois. Ils se moquaient assez de leur différence d'âge, et moins d'un an plus tard, ils se marièrent. C'était le 4 décembre 1943. Je crois que ma grand-mère se jeta dans cette nouvelle vie pour conjurer l'ancienne. Pour se construire une famille bien à elle, loin des non-dits, des faux-semblants. Antoinette et Juan vécurent ensemble soixante-deux ans, et eurent cinq enfants : Angèle,

Jeannette, Eulalie, puis encore une Antoinette[1], et encore un Michel. Ma grand-mère jura que ces deux-là ne seraient jamais séparés. Comme pour rejouer la partie. Ou comme au cinéma, quand on a raté une scène et que le réalisateur demande qu'on la refasse : en nommant ainsi deux de ses enfants, elle espérait réécrire le scénario familial, offrir une nouvelle fin à cette histoire mal engagée. « Celle-ci sera la bonne ! Allez, moteur ! Antoinette et Michel, prise 2 ! Action ! »

La filleule du boxeur

Juan, mon grand-père, venait d'une famille de bûcherons, de père en fils, depuis cinq générations. Ses proches voulaient qu'il reprenne la cognée, mais abattre des arbres ne l'intéressait guère. Il surprit tout le monde et devint coiffeur. « Où est le problème ? C'est toujours un métier où l'on est payé pour couper quelque chose ! » Son père le sermonnait : « Ne te moque pas ainsi ! Il va t'arriver un malheur. » Il ne lui arriva rien. Enfin, pas tout de suite. Pendant huit ans, Juan coiffa les hommes et les enfants du Maârif, jouant des ciseaux et du rasoir, sculptant les cheveux comme d'autres taillent les arbres. Puis, sans qu'on sache trop pourquoi, il se vit offrir un poste dans la toute nouvelle centrale laitière de Casablanca. Avait-il, un matin de chance,

1. Une *Marie Antoinette*, pour être exact, et c'est normal : il fallait bien implorer le soutien de la Vierge cette fois.

coiffé avec une grâce particulière un capitaine d'industrie ? Lui avait-il taillé la barbe avec tant de dextérité que même les puissants de ce monde en étaient restés pantois ? Toujours est-il que Juan accepta cette proposition. Mais toute aventure comporte des risques : dès la première semaine, il mit la main dans les rouages d'une écrémeuse centrifuge, et perdit l'annulaire gauche. « Tu avais raison, lui dit son père. Coiffeur, à la rigueur tu pouvais ; c'est un peu comme bûcheron. Mais travailler dans une laiterie… » Juan coupa court à cette discussion (si le lecteur me permet ce jeu de mots) et eut cette repartie économico-philosophique : « Tu penses que j'ai été puni ? Alors tant mieux ! Une fois qu'on a payé le prix qu'on devait payer, qu'est-ce qui peut bien nous arriver d'autre ? » Certain d'être en règle désormais avec le destin, il fut laitier, caissier, chauffeur de taxi, concierge, au Maroc, en Espagne, en France, vécut jusqu'à l'âge vénérable de cent un ans, et mourut du Covid en 2020. Un siècle d'existence contre un doigt jamais très utile : « Je pense que j'ai fait une bonne affaire », assurait-il jusqu'à la fin de sa vie.

Avant d'être coiffeur, caissier, taxi ou laitier, avant même de perdre un doigt ou de pactiser avec le destin, mon grand-père fut l'ami de Marcellin Cerdan, qui, ni coiffeur ni bûcheron, retailla tout de même son prénom jusqu'à devenir Marcel Cerdan. Les deux garçons avaient grandi ensemble dans les ruelles de Mers Sultan, un quartier populaire de Casablanca. Ils n'aimaient pas beaucoup l'école. Eux se voyaient plutôt champions de foot : ils passaient leurs après-midi à dribbler des adversaires imaginaires au lieu de réviser leurs leçons.

Juan et Marcellin ne faisaient pas que rêver, tandis qu'ils tapaient ainsi dans des balles fabriquées avec des chiffons et de la ficelle. Ils intégrèrent en 1932 l'équipe cadette de la Banque d'État du Maroc. Sur un terrain vague baptisé « le camp Turpin », ils s'exerçaient trois fois par semaine sous les ordres de leur entraîneur – monsieur Bensoussian. Les séances étaient éprouvantes, souvent sous un soleil implacable. Juan et Marcellin enchaînaient les tours de terrain, les exercices de passes et les tirs au but jusqu'à épuisement. La poussière soulevée par leurs courses, se mêlant à leur sueur, formait une croûte sur leur peau qui les rendaient semblables à des chevaliers en armure. Ils en riaient. Ils n'avaient pas quatorze ans. « C'était la plus belle période de ma vie », répétait souvent mon grand-père, et même s'il disait cela pour agacer ma grand-mère, on sentait un fond de vérité dans cette petite pique.

Lorsque l'entraînement était fini, les deux amis arpentaient les rues de Casablanca, partageant leurs premières cigarettes. Ils n'éprouvaient guère l'envie de rentrer chez eux. Juan connaissait les filles qui faisaient battre le cœur de Marcellin, et Marcellin savait celles qui hantaient les pensées de Juan.

Mais le destin avait d'autres plans pour Marcellin. Un soir, dans une salle enfumée du quartier, il enfila pour la première fois une paire de gants de boxe. Ses mouvements étaient si naturels que les gens refusaient de croire qu'il n'avait jamais fait cela auparavant.

Son talent pour la boxe éclata au grand jour.

Mon grand-père, présent à chaque match, n'en revenait pas. Sur tous les rings marocains, Cerdan dansait, esquivait, cognait, gagnait. Ses victoires contre Young Gitan à Rabat, Bob Obadia à Fès, Klee à Marrakech marquèrent les esprits comme autant de coups de gong annonçant l'arrivée d'un nouveau champion.

La renommée de Cerdan franchit vite les frontières du Maroc. Les contrats s'empilaient sur la table de son manager. Chicago, Milan, Berlin, Mexico City : le monde entier, assoiffé de sa fougue et de sa force, réclamait « le Bombardier Marocain ».

Les années passèrent, et chacun suivit son destin.

Cerdan rencontra la gloire.

Mon grand-père rencontra ma grand-mère.

Malgré ses titres et sa renommée, Cerdan profitait de chaque occasion pour retourner à Casablanca. Il y organisait des dîners dans des hôtels somptueux, où mes grands-parents entraient en levant les yeux de tous côtés. En 1948, quand naquit celle qui deviendrait ma mère, Juan n'hésita pas : il demanda au boxeur d'être le parrain de la petite fille. Qu'importaient les kilomètres, les frontières ? Cerdan, qui venait d'être sacré champion du monde, accepta avec une humilité qui n'aura de cesse de m'étonner. Il envoya un télégramme de Londres, que notre famille possède toujours. « Juan, quel honneur pour moi ! Je l'emmènerai à New York. À Paris aussi ! Cette gamine aura une enfance plus chouette encore que la nôtre. »

En 1949, parce qu'il devait attendre pour prendre sa revanche contre Jake LaMotta, Marcel Cerdan revint plusieurs semaines au Maroc. Il en profita pour rencontrer sa filleule. On m'a souvent raconté cette scène : le grand boxeur, penché sur le berceau, caressant de sa main écorchée la joue de la minuscule enfant, lui murmurant des mots que personne n'entendait.

Ce fut la première et dernière fois que Cerdan vit ma mère. Il mourut en octobre de la même année, dans un accident d'avion. Juste avant l'embarquement, au téléphone, sa femme l'avait pourtant averti d'un mauvais pressentiment. En outre, le vol était normalement complet – Cerdan n'avait obtenu sa place qu'au dernier moment, grâce à des billets cédés par un couple d'Américains. Bref, tout avait semblé lui dire : « N'y va pas ! » Mais Marcel Cerdan y était allé – si pressé qu'il était de rejoindre Édith Piaf de l'autre côté de l'Atlantique…

L'avion s'écrasa le 28 octobre 1949, vers 3 heures du matin, dans les montagnes des Açores. Il n'y eut aucun survivant. « C'est quand le destin est puritain que c'est le plus moche », marmonnait mon grand-père chaque fois qu'il repensait à cette histoire.

Évidemment, pour toute notre famille, Édith Piaf fut aussitôt frappée d'une *damnatio memoriae* aussi franche qu'irrévocable. On n'écouta plus jamais ses chansons à la radio. On n'acheta plus aucun de ses disques, aucune de ses compilations. Même cinquante ans après le drame, on boycotta encore son biopic, et nul d'entre nous n'alla voir le film d'Olivier Dahan.

« Tant pis pour Marion Cotillard, s'excusait Eulalie. Je l'aime beaucoup, mais elle n'avait qu'à mieux choisir ses combats… » C'est en effet notre théorie du papillon : un battement de cils de la Môme suffit à changer le cours de notre histoire, condamnant ma mère à une enfance loin des paillettes et des dorures que Cerdan nous avait fait miroiter.

Il m'arrive d'imaginer ce qu'aurait pu être la vie de ma mère si le destin n'avait pas joué contre elle, et si Cerdan n'avait pas pris l'avion. Je la vois, petite fille émerveillée, arpentant les rues de New York au bras de son parrain, les yeux écarquillés devant les buildings vertigineux. Je la vois, assise au bord d'un ring, suspendue aux gestes du champion, ivre de cette proximité avec la gloire et la légende. Peut-être aurait-elle appris le piano, ou la boxe même, qui sait ? Peut-être sa vie aurait-elle pris un tour infiniment plus romanesque, avec Édith Piaf comme bande-son et Broadway pour décor… Le sort en a décidé autrement. Au bout du compte, ma mère a grandi sous des cieux plus ordinaires que ceux de New York, et avec pour seul héritage une poignée de promesses non tenues. Et moi, des dizaines d'années plus tard, je me retrouve à faire le tri dans ces histoires, à essayer de comprendre le poids du passé sur le présent, de cet « Et si » mélancolique qui hante encore toute ma famille.

Le fils du contrebandier

Mon père s'appelle Louis (ou Luis) Nunez Alfarache. Il est né à Tanger le 13 septembre 1946, de l'union entre Francisco Nunez et Olimpia Alfarache. Tanger vivait alors sous protectorat espagnol. C'était une ville où tout se mêlait confusément : les djellabas côtoyaient les costumes de ville, les charrettes tirées par des ânes croisaient les automobiles de luxe. Au cœur du Petit Socco, les changeurs de rue tenaient boutique à deux pas des grandes banques internationales – illustrant à merveille cette ville de grand brassage où l'argent régnait en maître absolu.

C'était également l'époque où l'on engendrait sans compter. Mon père fut le septième et dernier de sa fratrie. Ses frères et sœurs, qui reviendront assurément dans mon récit, se nommaient Herminia, Paco, Salvador, Antonio. Il en manque deux, que je n'ai pas connus. Toujours est-il qu'à l'origine ils étaient sept.

Quand mon père évoquait son enfance à Tanger, j'avais toutes les peines du monde à démêler ses récits. Un jour, il dépeignait une existence fastueuse et insouciante, digne des *Mille et Une Nuits*. Le lendemain, il nous laissait entendre que sa famille avait connu une misère noire… Je savais que ma grand-mère Olimpia, comme beaucoup de femmes de son temps, n'avait exercé aucune profession. Mais alors, que faisait mon grand-père pour nourrir toutes ces bouches ? Il me fallut des années pour percer à jour ce petit secret de Polichinelle. Herminia et mes oncles restaient muets sur le sujet, et mon père esquivait toujours mes questions avec un art consommé.

Mais voilà qu'un soir, à Orléans, il y a quatre ou cinq ans, alors que nous finissions de faire la vaisselle et que j'interrogeais encore une fois mon père, presque par habitude, presque sans rien attendre, ce dernier finit par lâcher dans un souffle : « Tu risques d'être choqué, mais c'est très simple : j'étais le fils d'un contrebandier. » La vérité était dite – et contrairement à ce que pouvait en penser mon père, je n'étais guère offusqué. Je m'empressai de le lui dire. Il posa alors le torchon qu'il avait dans les mains et se mit à me raconter ce qui va suivre, sans jamais me regarder dans les yeux. Plus de soixante ans après son enfance, la honte le tourmentait toujours.

Francisco Nunez faisait vivre femme et enfants grâce à deux petits bateaux « qui allaient plus vite que ceux de la police ». Chaque jour, il effectuait des allers-retours rentables et discrets entre Tanger et Algésiras, convoyant tout un bric-à-brac dispendieux : cigarettes, parfums, alcools, montres, soieries, médicaments… Mon père se souvenait : « Parfois, c'étaient même des bijoux. Je voyais alors ma mère monter à bord d'un des bateaux, étincelante de la tête aux pieds. Les poignets et les doigts cerclés d'or, le cou et les oreilles ornés de perles qui jouaient avec la lumière. Autour de sa taille, trois ou quatre ceintures, serties de pierres, tintaient à chacun de ses pas. Elle était ravie, et j'étais fasciné. Imagine : j'étais obligé de plisser les yeux tant ma mère brillait ! Mon père disait qu'ils partaient faire la fête… Et trois ou quatre heures plus tard, ils revenaient. Mais quelle différence ! Ma mère n'arborait plus aucun bijou, aucune parure. C'était presque une autre femme, qui sortait du bateau en faisant la tête. Il faut dire que mon père se moquait : "Minuit est passé pour ma pauvre Cendrillon !" Mes grands frères m'expliquaient : les bijoux que j'avais admirés n'étaient pas ceux de ma mère. Notre père avait juste eu besoin d'elle pour faire passer en douce, de l'autre côté, des dizaines de colliers de perles, de pierres précieuses, de bracelets dorés, de bagues hors de prix. »

Il n'y a que les gendarmes ou les nourrices pour prétendre que le crime ne paie pas. Grâce à ses allers-retours maritimes, Francisco gagnait tant d'argent que personne dans la famille n'avait à travailler. Olimpia et ses enfants pouvaient ainsi traîner toute la journée, profiter de la plage, sortir entre amis. « Qu'est-ce qu'ils faisaient de leur vie, tes frères et sœurs ? – Paco jouait déjà à la loterie. Salvador aimait déjà les casinos. Herminia avait déjà un petit ami… Tous sortaient beaucoup, et en vérité je ne les voyais jamais. Bref, ils jetaient un peu l'argent par les fenêtres. Je le sais parce que c'est moi qui le leur donnais. – Toi ? ai-je balbutié. – Eh oui, moi. Le magot de mon père était dissimulé dans mon matelas. »

Parce qu'il était le dernier de la famille, et conséquemment le chouchou, mon père avait obtenu leprivilège de dormir dans une chambre rien que pour lui. En apparence seulement : car son père, qui amassait des liasses qu'on ne pouvait déposer dans une banque, avait bourré son matelas de petites coupures… « Ils disaient tous : "C'est la cachette idéale ! Personne ne penserait à cambrioler la chambre d'un gamin !" Ils m'appelaient leur *joli coffre-fort*, leur *tout-petit banquier*. Moi, cela m'allait ; j'avais parfois l'impression de dormir sur un nuage. Quand arrivait le week-end, mon père lançait : "Louis, donne donc quelques billets à Paco et à Salvador." Je défaisais la fermeture Éclair, je plongeais la main dans la laine cardée et j'en extirpais une pleine poignée de billets froissés. Je trouvais ça excitant. Je te dis : j'étais un gosse ! Parfois, bien sûr, cela me faisait peur… »

Je n'ai jamais compris pourquoi mon père s'était enfin décidé à me parler si franchement – et à ce moment-là, alors que nous faisions la vaisselle… Mais quand il eut fini de m'expliquer toutes ces choses qui le faisaient rougir, il me regarda enfin dans les yeux et me fit promettre de ne jamais les répéter à personne. J'obéis autant qu'il m'est possible.

La mort du père de mon père

Tant qu'il ramenait de l'argent, personne ne se souciait des absences de Francisco, le plus souvent nocturnes. Ses allers-retours entre Tanger et Algésiras, au nez et à la barbe des douaniers, ne suscitaient aucune question éthique ou morale : il faisait ce qu'il avait à faire, sans que ma grand-mère ou ses enfants s'interrogent plus que de raison. Se questionner, c'est toujours prendre le risque de tout gâcher.

Hélas, Francisco était ainsi un marin, et tous les marins d'alors buvaient. Lorsqu'il rentrait au petit matin, après avoir passé la nuit dehors, il empestait le mauvais whisky. Olimpia ne disait rien, ni aucun des enfants : c'était lui qui remplissait les poches et les matelas… Alors, il pouvait bien vider toutes les bouteilles qu'il voulait.

Ce qu'il y a de relaxant avec la vie, c'est que les événements arrivent toujours par des liens de cause à effet. Personne ne devrait par conséquent être surpris. Francisco buvait, de plus en plus souvent, de plus en plus : il mourut donc d'une cirrhose du foie, à quarante-quatre ans.

L'enterrement fut expéditif, comme si la famille en voulait à mon grand-père de partir si vite, de les abandonner à leur sort. Un mélange de colère et de désarroi planait sur l'assemblée, tandis que le cercueil descendait au fond de la fosse avec une célérité indécente.

La disparition de Francisco Nunez laissa un grand vide dans le cœur de ses proches – ainsi que dans le matelas de mon père. Louis n'avait que treize ans. Aucun de ses frères ne voulait travailler, habitués à vivre des largesses paternelles, à puiser allègrement dans la laine cardée des économies familiales. Tout le monde piochait encore quotidiennement dans son matelas, mais plus personne ne le remplissait…

La grande vie dura encore une petite année.

Quand le matelas de mon père fut aussi plat qu'une sole, quand il ne resta plus rien dedans que ce qui constitue normalement et bêtement un matelas (on vérifia plusieurs fois, le crevant même avec un long couteau, puis mettant les mains bien à l'intérieur), les frères et sœurs décidèrent qu'il était temps de réunir un conseil de famille.

La mort du père de mon père signa la mort de l'enfance de mon père. Herminia, Paco, Salvador, Manolo et Maruchi (tiens, je viens de retrouver le nom des deux derniers…) décidèrent de quitter le Maroc. C'était le bon moment pour aller tenter sa chance en Espagne ou en France. Ils partaient tous ? Ma grand-mère poussa un cri. Tous la rassurèrent : « On ne te laisse pas seule. Tu resteras avec Antonio et Luis, qui sont trop jeunes pour faire le voyage. » Olimpia poussa un cri plus fort encore que le premier. « Qu'allons-nous faire tous les trois ? Je n'ai pas de salaire, et ils sont des enfants ! » Les aînés balayèrent ces ridicules objections : « Luis a déjà quatorze ans, et Antonio en a quinze. Ils pourront vite gagner de l'argent pour toi ! Il suffit que tu les places comme apprentis. »

Les cinq frères et sœurs partirent trois semaines plus tard. L'atmosphère était lourde et tendue au moment des adieux. Les valises s'entassaient sur le quai, bourrées à la hâte de vêtements et de souvenirs arrachés à la maison familiale. Olimpia, le visage strié de larmes, répétait inlassablement les dernières recommandations à ses aînés, comme pour retarder l'échéance du départ. « Écrivez-nous dès que vous arrivez.

N'oubliez pas de chercher du travail. Et envoyez-nous de l'argent dès que possible. » Ses paroles se perdaient dans le brouhaha du port, couvertes par les sirènes des bateaux et les cris des marchands ambulants. Antonio et Louis observaient la scène en retrait, serrés l'un contre l'autre comme pour se protéger de cette débâcle. Leurs aînés avaient le regard fuyant, partagés entre l'excitation de la nouvelle vie qui les attendait et la culpabilité de laisser ainsi leur mère et leurs jeunes frères. La main sur le cœur, ils promettaient de donner rapidement de leurs nouvelles, de trouver un emploi stable, d'envoyer de l'argent chaque mois. Mais leurs sourires étaient crispés et leurs étreintes un peu trop brèves.

Mon père m'avoua qu'il avait ensuite pleuré toute la nuit dans sa chambre, de rage comme de désespoir. Il pleurait parce qu'il voyait leur lâcheté à tous ; parce qu'il aurait voulu poursuivre ses études, prolonger son adolescence ; parce qu'il comprenait aussi qu'il n'avait pas le choix. On les forçait, lui et Antonio, à jouer aux bons fils. Et c'est vrai que leur mère comptait beaucoup sur eux. « Tu sais ce qui m'agaçait le plus ? J'avais passé la semaine à réviser une fable de La Fontaine, pour le cours de français. C'était *La Mort et le Bûcheron*. Je me souviens que j'enrageais, car j'avais appris cette fable par cœur, et visiblement pour rien, puisqu'on me demandait de quitter le collège immédiatement ! »

Le temps en effet pressait. « Quand les placards sont vides, les rêves aussi sont creux. » Grâce à Salvador, qui avait été un client régulier, Antonio entra quelques jours plus tard au service comptabilité du Casino de Tanger. Mon père, lui, hésita des semaines. (Sa mère voulait qu'il devienne bijoutier, horloger.) On finit par lui proposer une place d'apprenti dans une imprimerie, L'Âge d'Or (ô douce ironie !). C'est là qu'il découvrit le métier de linotypiste, domptant ces monstres de métal et de bruit qui crachent des lettres de plomb en paragraphes entiers. Mais sa paie d'apprenti, puis de jeune ouvrier, restait bien maigre pour renflouer les caisses familiales. Fini le cinéma, les sorties, les restaurants. On fraudait le bus pour aller au travail. On ne s'achetait pas de vêtements. On ne mangeait plus de glaces. Parfois, c'est vrai, on volait dans les épiceries. Pas beaucoup : on avait appris à se contenter d'un repas par jour.

Mon père ajoutait : « Il nous restait la plage de Merkala, à Antonio et à moi. Ça au moins, c'était gratuit. Qu'est-ce qu'on a pu nager ces années-là ! On passait des heures à s'épuiser dans l'eau, à se sécher au soleil, à regarder les ferries partir pour l'Europe. On pleurait, puis on retournait se baigner… »

Antoinette et Louis se rencontrent enfin

En 1966, l'imprimerie L'Âge d'Or portait vraiment mal son nom : les commandes se faisaient rares, les machines tombaient souvent en panne, les dettes s'accumulaient. Mon père, bien qu'il y travaillât depuis six ans, n'eut d'autre choix que de chercher une autre place.

Un ami l'assura qu'il y avait des choses à faire à Casablanca. Une imprimerie recrutait là-bas à tour de bras pour répondre aux besoins croissants du Maroc nouvellement indépendant. Cartes d'identité, formulaires administratifs, manuels scolaires : la jeune nation avait grand appétit de papier et d'encre. C'était l'occasion rêvée.

Un matin de juin 1966, la gorge nouée et le cœur battant, Louis se présenta donc à l'imprimerie Reynié. Levé à l'aube, il avait sauté dans un train pour Casablanca – sans acheter de billet. À son arrivée, une secrétaire le reçut et lui fit passer un test d'orthographe – l'orthographe tenant lieu à l'époque de CV, prouvant la rigueur du candidat, sa mémoire, sa logique, son savoir. Elle lui annonça : « Je vais vous dicter un extrait des *Fables* de La Fontaine. Essayez de faire le moins de fautes possible. » Dès les premiers mots, mon père reconnut les vers qu'il avait appris par cœur six ans plus tôt, juste avant de quitter l'école. Il retrouva sans peine l'orthographe des mots endormis dans sa mémoire : « Un pauvre Bûcheron tout couvert de ramée / Sous le faix du fagot aussi bien que des ans / Gémissant et courbé, marchait à pas pesants, / Et tâchait de gagner sa chaumine enfumée. » La secrétaire, corrigeant sa copie, parut stupéfaite. Elle le dévisagea, admirative et suspicieuse. « On vous avait déjà interrogé sur ce texte ? » demanda-t-elle. Louis répondit avec honnêteté : « Non, absolument jamais. »

C'est ainsi que mon père devint ouvrier linotypiste dans l'une des plus grandes imprimeries du Maroc.

La linotype ? Imaginez : à chaque frappe sur le clavier, on faisait descendre un petit bloc de métal portant l'empreinte d'une lettre. Ces blocs s'alignaient pour former des mots, puis des phrases. Un bras mécanique venait enfin saisir chaque ligne ainsi composée pour la mouler dans du plomb bouillant, créant un bloc de texte solide, une « ligne o'type » comme disaient les imprimeurs. Et c'est ainsi qu'on reproduisait des affiches, des revues, des livres… J'aime à penser que mon père excellait à ce ballet mécanique. Ses mains virevoltaient sur le clavier, jonglaient avec les matrices, domptaient les paragraphes et les espaces, réglaient les interlignes. Il aimait par-dessus tout l'odeur capiteuse de l'encre, le froissement délicat du papier frais. Dans le vacarme des machines, sans doute avait-il l'impression d'entendre battre enfin le pouls du monde.

En 1967, las de leur vie à Tanger, Olimpia et Antonio décidèrent de le rejoindre à Casablanca, où il semblait plus facile de trouver du travail et de refaire sa vie. Tous les trois louèrent une modeste maison, aux murs nus. Parfois, en partant travailler, Louis croisait une jeune fille brune et sérieuse, toujours accompagnée de son frère, ou de ses sœurs. Il ralentissait, cherchait son regard, osait un sourire timide. Mais comment l'aborder ? Il la croisa plusieurs fois, ces années-là. Elle devait habiter tout près. Lui parler ? Il n'osait pas.

En 1969, l'Espagne franquiste convoqua mon père, citoyen espagnol, pour son service militaire. Louis faillit s'étrangler. Comment cesser de travailler quand sa mère comptait tant sur lui ? Il alla quémander l'aide de son patron. Celui-ci posa la main sur son épaule : « Vous êtes un bon élément, Louis. Et je connais votre situation personnelle. On va vous aider à repousser la date de votre conscription. Suivez-moi. »

Le patron l'emmena dans un dédale de bureaux. Soudain, une silhouette se découpa dans la lumière : c'était la jeune fille brune que Louis avait croisée dans la rue tant de fois ! « Antoinette, ce garçon a besoin de vous. » Antoinette leva les yeux, reconnut vaguement Louis. Leurs regards s'accrochèrent un peu plus longtemps que nécessaire. « Il faudrait à ce jeune homme un certificat de travail pour l'armée espagnole, au plus vite. – Bien, monsieur. Vous pouvez passer le prendre demain ? – Non, répondit Louis. Demain j'ai justement rendez-vous avec l'armée... – Vous vous y prenez bien tard ! Où habitez-vous ? » Louis donna son adresse ; Antoinette habitait la même rue, mais à l'autre bout. Elle ne le dit pas. « Je connais, souffla-t-elle simplement. Je déposerai ce soir le certificat dans votre boîte aux lettres. »

Louis retourna à l'atelier, étourdi, le cœur battant. Le soir même, Antoinette déposa comme promis le certificat de travail dans la boîte aux lettres. Mais cela ne suffit pas : le régime franquiste recrutait constamment, et dès le lendemain, mon père fut envoyé dans l'infanterie de marine, à Cadix, bien loin de Casablanca et d'Antoinette. Trois jours après son incorporation, n'y tenant plus, il écrivit à la jeune fille, à l'adresse de l'imprimerie. Il s'agissait officiellement de la remercier, mais ses mots le trahissaient, se bousculaient en une farandole d'aveux timides. Antoinette montra la lettre à une collègue. « J'ai à peine parlé à ce garçon ! Pourquoi m'écrit-il ? – C'est un militaire, ses journées doivent être monotones. Et dix-huit mois de service, ça va être long... Réponds-lui, ça ne coûte rien. » Antoinette rédigea une courte missive, remerciant Louis de ses remerciements. Et comme elle ne voulait pas que toute l'imprimerie jase, elle lui confia son adresse personnelle.

Ainsi débuta une correspondance en demi-teinte, un pas de deux épistolaire et séducteur. Louis racontait son quotidien de soldat, ses ennuis, ses espoirs, ses doutes. Il envoyait des photos de lui en uniforme, posant fièrement devant la caserne. (Ma mère a conservé toutes ces photos en noir et blanc. Parfois, les examinant, je me dis, en inversant les rôles : « C'est fou comme il me ressemble. ») Dans une lettre de mars 1970, il décrit un rêve où il embrasse Antoinette, qui le repousse évidemment. Dans une autre, il feint la distance, évoquant des banalités, signant même « Ton collègue de travail ». Ces choses triviales figurent juste sur le recto de la page ; car au verso, au stylo Bic rouge, s'étale un cœur énorme, avec ces mots : « Je ne sais pas mentir. » Page après page, je découvre un père bavard, drôle, casanovien, jaloux parfois, malin souvent, s'enquérant non seulement d'Antoinette, mais de toute sa famille, soulignant chaque fois combien celle-ci semble unie et joyeuse, à l'opposé de la sienne.

J'ai sous les yeux ces lettres jaunies. En les dépliant, en les lisant, une vague d'émotion me submerge. Les formules convenues cèdent peu à peu aux confidences. Dans l'écriture appliquée de mon père, dans le choix minutieux de ses mots, en espagnol ou en français, je décèle la puissance d'un sentiment prêt à éclore. C'était un amour de loin, un amour tout d'encre et de papier. Dans une de ses lettres, il avoue maladroitement : « Antoinette, je voudrais gagner beaucoup d'argent pour tout te le donner. » Je sais le sens de ces mots pour lui. Et cela me bouleverse.

Le pire discours de mariage

Le 4 janvier 1972, Louis et Antoinette se marièrent, entourés d'une grande partie de leur famille : Jean, Antoinette (première du nom), Eulalie, Jeannette, Angèle, Michel, Olimpia et Antonio. La veille, mon grand-père se rendit à l'église du Sacré-Cœur, dans le centre-ville de Casablanca, pour y allumer une bougie – manière pour lui de convoquer l'esprit de Marcel Cerdan. On peut donc dire que le champion de boxe était également de la fête.

Si la plupart des invités avaient fait le déplacement, les frères et sœur de Louis déjà installés en France ou en Espagne n'avaient hélas pas pu se libérer.

L'événement est très documenté, comme disent les historiens. J'ai devant moi quantité de photos, négatifs et bobines de film Super-8. Ma grand-mère maternelle, on s'en doute, brille par son absence sur tous ces supports argentiques.

Quel temps faisait-il à Casablanca ce 4 janvier 1972 ? J'ai posé la question à un doctorant qui étudie les variations du climat marocain depuis plus d'un siècle. Il m'a fourni tous les détails : un puissant anticyclone stationnait alors sur la région de Casablanca-Settat, offrant un ciel azur et un soleil resplendissant. Les relevés barométriques indiquaient 1 025 hPa, les températures, printanières, atteignaient 22 °C, et aucune précipitation ne fut enregistrée ce jour-là.

Je suis rassuré : la douceur du temps reflétait celle de leur amour.

Dans la chambre de mes parents, au-dessus du lit, trône encore une immense photo en noir et blanc, témoignage de cette journée si spéciale. Ma mère, dans sa robe de mariée vaporeuse, sourit parfaitement. Ses cheveux sont remontés en un chignon sophistiqué, dégageant sa nuque gracile. Elle regarde l'objectif de trois quarts, une main sur la hanche, l'autre tenant son bouquet. Mon père, lui, arbore une coupe militaire, souvenir de son service tout juste achevé. Son costume est impeccable, d'une élégance sobre. Il a posé ses mains sur la taille de sa jeune épouse, dans un geste à la fois tendre et possessif.

J'ai retrouvé la liste des cadeaux que reçurent les jeunes mariés : deux services en argent, un service à thé en porcelaine, des draps en lin brodés à leurs initiales, un poste de radio, un mixer orange vif, une boîte à bijoux en cuir noir, une machine à coudre d'un beau vert céladon, un mange-disque, un fer à repasser en Bakélite, un cuit-vapeur en Inox, une machine à écrire Underwood, des chèques et des billets que mon père confia aussitôt à ma mère.

On dîna délicieusement, puis la fête se poursuivit jusque tard dans la nuit. Mais en ce 4 janvier 1972, un autre événement se jouait en coulisses. Et même si j'adore mes parents, je dois bien avouer que celui-ci fut plus important pour tout le monde. Ce même jour, le roi Hassan II prononça en effet un discours programmatique sur « la marocanisation des entreprises »...

Mes parents ne semblaient pas s'en apercevoir, mais leur pays traversait alors une grande période d'instabilité. Le Parlement avait été suspendu, et le ministère de l'Intérieur s'était vu attribuer les pleins pouvoirs... La disparition mystérieuse de Mehdi Ben Barka en octobre 1965, à Paris, hantait encore les esprits échauffés des Marocains. Dans la plupart des grandes villes, des émeutes d'une extrême violence avaient été réprimées dans le sang. Surtout, six mois avant leur mariage, la tentative de coup d'État du 10 juillet 1971, ourdie par le général Medbouh et le colonel Ababou, avait révélé la grande fragilité du pouvoir.

Perpétrée en pleine réception d'anniversaire du roi, cette attaque avait fait de nombreuses victimes parmi les convives. Les assaillants, armés de mitraillettes et de grenades, avaient fait irruption dans la salle de réception du palais de Skhirat, semant la terreur et la mort.

Dans le fracas des tirs, dans les hurlements, les corps s'étaient effondrés, le sang s'était mêlé au champagne, et les dorures du palais avaient volé en éclats. Hassan II n'avait eu la vie sauve que par miracle, en se cachant aux toilettes.

C'est un souverain affaibli mais résolu qui s'adressa à son peuple le jour où mes parents se marièrent. Dans ce discours à la fois ambitieux et désolant, Hassan II soulignait la nécessité de reprendre le contrôle des ressources du pays, « afin de construire un Maroc plus fort, plus juste et plus prospère ». La *marocanisation* impliquait que les entreprises étrangères cèdent une partie de leur propriété à des investisseurs marocains. L'objectif était de réduire la dépendance économique du pays vis-à-vis des capitaux étrangers et de favoriser l'émergence d'une classe d'entrepreneurs marocains.

C'était un rêve pour certains et une catastrophe pour d'autres.

Si mes parents, tout à leur bonheur, ne mesuraient pas encore les répercussions de ce discours royal, l'ensemble de ma famille allait bientôt en ressentir les effets. Comme tant d'autres Européens, ils allaient soudain se heurter à de nouvelles difficultés : obtenir un prêt, garder un travail, créer une entreprise, louer une maison.

Le pays où ils étaient nés voulait très clairement se passer d'eux.

« Le roi a été adorable de faire un discours le jour de notre mariage ! plaisanta mon père le soir même, alors qu'ils défaisaient leurs cadeaux. Mais il a dit quoi exactement, Antoinette ? Je n'ai pas eu le temps d'écouter. – Il a dit qu'il valait mieux ne pas tout déballer », répondit sa jeune femme.

Une balle en plein front

Le mercredi 22 mars 1972, Casablanca se réveilla dans une atmosphère électrique. L'Union nationale des étudiants marocains (UNEM) avait appelé à une grande manifestation pour protester contre le chômage et la pauvreté. Les étudiants réclamaient aussi plus de libertés et une véritable réforme de l'enseignement supérieur. Mais le gouvernement semblait peu enclin à concrétiser ces demandes de la jeunesse. Le Maroc vivait ses heures les plus troubles, les plus sombres, ces fameuses « années de plomb » où toute contestation était réprimée.

Pour Antoinette et Louis, fraîchement mariés, ce mercredi s'annonçait comme un autre. Ils vivaient dans une modeste maison de la rue Bouskoura, à deux pas du palais de justice, que des amis leur prêtaient quelque temps – le temps de trouver mieux. Ils y semblaient heureux, malgré tout, comme on peut être heureux quand on est jeune et sans argent, mais que l'on vient de se marier.

Dès le matin, des slogans hostiles au pouvoir s'élevèrent des ruelles avoisinantes. Partagés entre inquiétude et curiosité, Antoinette et Louis restèrent dans la petite maison, le nez collé à la fenêtre.

Antoinette n'était pas rassurée : elle se tordait les mains et sentait trop souvent ses larmes monter.

En fin d'après-midi, la situation dégénéra. On vit passer des étudiants hagards, qui fuyaient les gaz lacrymogènes et les charges des forces de l'ordre. Au milieu de cette cohue, mes parents reconnurent un de leurs voisins, Esteban. Ses vêtements étaient déchirés. Son visage révélait une peur panique. Un policier le talonnait, arme au poing. Esteban était en dernière année de philosophie : il s'était retrouvé en première ligne des manifestations. Mais, à cet instant, il n'était rien qu'un jeune homme terrifié.

La porte de la maison d'en face s'ouvrit. La mère d'Esteban apparut sur le seuil. Elle s'appelait Carmen. Les bras tendus vers son fils, elle l'appelait à travers des sanglots. Esteban n'était plus qu'à quelques mètres d'elle quand un coup de feu déchira l'air. Sous les yeux horrifiés d'Antoinette et Louis, le jeune homme s'effondra, une balle en plein front. C'était une exécution : le policier avait attendu qu'Esteban se retourne pour presser la détente. « On vous l'avait dit, éructa l'assassin, vous n'avez plus rien à faire dans ce pays ! »

Carmen se jeta sur le corps sans vie de son fils, indifférente au sang qui maculait ses mains, sa robe. Tout autour, les gens restaient immobiles, sidérés par le meurtre dont ils venaient d'être les témoins.

On ne voyait plus dans la rue que cette femme, secouée de sanglots déchirants. Louis voulut sortir pour lui venir en aide, mais Antoinette le supplia de rester avec elle.

Dans les jours qui suivirent, la répression contre les étudiants redoubla de férocité. Beaucoup furent arrêtés, emprisonnés sans procès, parfois torturés jusqu'à ce que mort s'ensuive ou que raison vacille.

L'UNEM bien sûr fut dissoute.

À l'enterrement d'Esteban, les visages demeuraient crispés de douleur et de rage. Mes parents, rouges de honte, y étaient. Quand le cercueil fut mis en terre, un de ses amis déclama d'une voix rauque quelques vers de Louis Aragon, horribles et magnifiques : « Le ciel déjà prend goût de terre / Puisqu'on est des morts sursitaires / Tous les calculs que nous ferons / Auront une balle en plein front ».

Fuir son pays

Tout le monde dans la famille hésitait. Rester ? Partir ? Les valises étaient prêtes mais les cœurs balançaient. C'est le coup d'État des aviateurs qui trancha.

Le 16 août 1972, des membres de l'armée de l'air marocaine attaquèrent le Boeing royal en plein vol, alors que le roi Hassan II rentrait de France. La scène fut incroyable : des F-5 parfaitement immatriculés prirent en chasse son avion, tirant des rafales de mitrailleuses et des missiles, comme autant de traits rageurs contre le pouvoir en place. Le pilote réussit à éviter les tirs et à atterrir à l'aéroport de Rabat-Salé. Par une ruse de communication radio, le roi échappa aux pilotes rebelles – leur faisant croire qu'il avait été tué. Il rentra sain et sauf à Rabat ; mais on craignit dès lors des manifestations, des représailles, des attaques, des règlements de comptes, en somme : le début d'une guerre civile.

Jean réunit les membres de sa famille. « Je crois qu'il est temps pour nous tous de partir », dit-il simplement. On ne versa que peu de larmes. On avait déjà beaucoup pleuré.

Le grand désordre

Faire ses valises alors qu'on venait de s'installer dans une petite maison. Saluer son voisin et sitôt l'enterrer. Partir d'un pays alors qu'on pensait que c'était son pays. Dire adieu à ses amis alors qu'ils étaient des amis… En y réfléchissant, je me rends compte que toutes ces vies peuvent se résumer en une série de bouleversements. Voyez vous-même, depuis mes arrière-grands-parents jusqu'à mes parents. Être heureuse, tomber enceinte, et voir son mari mourir. Se croire fille unique, et découvrir qu'on avait un frère, qu'on était choyée par sa tante et non par sa mère. Aimer sourire, et détester son visage paralysé. Compter ses dix doigts, et tout d'un coup en perdre un. Avoir grandi avec un ami, et lire dans les journaux que son avion vient de s'écraser. Être la filleule d'un champion de boxe, mais n'avoir jamais assisté à aucun de ses combats. Voir sa mère couverte de bijoux un soir, et les bras nus le lendemain. Avoir un père tout-puissant, qui se rit de la loi, et le voir périr d'une cirrhose. Dormir sur un matelas épais, et soudain à même le sol. Espérer un soutien de ses aînés, et comprendre qu'on ne peut compter que sur soi. Faire ses devoirs, et devoir le lendemain trouver du travail. Entrer dans une imprimerie qui s'appelle L'Âge d'Or, alors qu'on vit la pire période de sa vie. Obtenir de justesse un certificat de travail, et partir tout de même faire l'armée. Se marier le jour où le roi nous demande presque de partir. Croire que le roi est le roi, et découvrir que tout le monde voudrait l'assassiner. Avoir une vie, et la voir s'effriter sous les coups du sort.

Ceux qui ont vécu tout cela, comment voulez-vous qu'ils gardent un peu foi en l'existence, et confiance en l'avenir ?

Emmener son pays avec soi

Quand ils durent quitter le Maroc, mes parents laissèrent derrière eux presque tous leurs cadeaux de mariage. Adieu, le service à thé en porcelaine. Adieu, les draps en lin brodés. Adieu, le poste de radio, le mixer orange vif, la machine à coudre vert céladon. Adieu, le coffret à bijoux, le fer à repasser en Bakélite, le cuit-vapeur en Inox.

On ne peut pas tout emporter quand l'exil nous emporte.

Ils ne prirent avec eux qu'un des deux services en argent (tout de même), le mange-disque (pour écouter sans fin les chansons de leur jeunesse), et la machine à écrire Underwood, dans son beau coffret rouge. Cette même machine sur laquelle, des années plus tard, j'écrivis mes premiers poèmes maladroits… Surtout, ils emportèrent dans leurs bagages toutes ces superstitions, ces croyances, ces rituels qui les rattachaient à leur terre natale. Une main de Fatma pour se protéger du mauvais œil, des chaussettes rouges pour attirer la chance, un peu de *polvito* pour se faire aimer… Autant de façons de transporter le Maroc avec eux, puisqu'ils ne pouvaient y rester. Ces superstitions ne changeaient assurément rien à leur destin, mais leur permettaient de conserver une prise sur leurs existences à la dérive. Comme quand on lance un dé très fort pour faire un 6, et très doucement pour obtenir un 1 : cela ne fonctionne bien sûr jamais, mais on essaie tous quand même. Plus que tout, je crois qu'ils avaient besoin de tisser un fil secret qui les reliait à ce monde perdu à jamais pour eux, mais qui survivait ainsi à travers eux, par fragments, par éclats.

Pour ne pas pleurer tous les jours, pour ne pas taper contre les murs toutes les nuits, pour se convaincre chaque seconde qu'ils n'étaient jamais partis : ils marocanisèrent leur vie.

III

Nos problèmes d'argent

Comment devenir riche ?

Mes parents et mes proches quittèrent ainsi le Maroc d'une manière précipitée, poussés par d'autres à quérir d'autres rêves. (C'était aussi cela, Casablanca : un port immense, le plus grand d'Afrique du Nord, qui charriait les départs et les arrivées, les promesses et les déceptions, le flux mélancolique et somptueux des migrations.) Ils abandonnèrent les ruelles tortueuses de l'ancienne médina, les embouteillages de la place des Nations-Unies, les arcades des Roches-Noires, la promenade ensoleillée face à l'océan Atlantique, l'odeur folle du jasmin, tout ce qu'ils connaissaient et chérissaient, tout ce qui leur était familier, pour s'aventurer jusqu'en France, pour se réfugier dans un pays qui était assurément le leur – à part mon père, c'était bien marqué sur leurs papiers –, mais qui leur était aussi incroyablement étranger.

Un an avant le mariage de mes parents, Eulalie avait épousé Daniel, un jeune homme rencontré à Casablanca. Or, une partie de la famille de Daniel vivait à Orléans… C'est ainsi que, suivant les jeunes mariés, toute la famille débarqua dans la cité ligérienne, sans richesse, sans réseaux, sans presque rien à offrir aux entreprises, aux usines, sinon leur bonne volonté et leur force de travail. Ma mère, comme Eulalie, savait taper à la machine. Mon père pouvait travailler dans une imprimerie. Mes oncles, Michel et Daniel, étaient bricoleurs. Mon grand-père, même avec un doigt en moins, était débrouillard. Aucun d'entre eux ne possédait d'économies : leurs vies s'écoulaient d'un salaire à l'autre, chaque versement à peine reçu déjà promis aux exigences du mois suivant. Venus en France pour y construire un avenir meilleur, ce qui passe nécessairement et jusqu'à preuve du contraire par une certaine augmentation du niveau de vie, ils découvrirent (un peu hagards et très inquiets) que, en échange de tout ce qu'ils avaient perdu, ils n'avaient toujours rien. Monotonie de la misère : bien qu'ils eussent traversé plus de 2000 km, ils n'avaient rien fait qu'échanger des soucis de dirhams contre des soucis de francs.

Orléans-Las Vegas

Bien sûr, les premières semaines en France leur parurent un peu tristes, décourageantes. Je le devine au nombre de fois où ma mère m'a raconté cette fable : à leur arrivée à Orléans, en septembre 1972, mes parents n'eurent d'autre choix que de s'installer chez Eulalie et Daniel, dans un petit appartement que leur avait trouvé la famille de ce dernier, au premier étage d'un HLM. Fermez les yeux et imaginez un deux-pièces propre mais sombre. Une cuisine étroite, une salle de bains minuscule, une chambre, et un salon transformé en une autre chambre. Ce n'était rien ; c'était tout ; cela leur suffisait.

Au bout de quelques semaines de cohabitation, avec les joies et les agacements qu'on imagine, Eulalie frappa un soir à la porte de la chambre-salon. Ils allaient bientôt partir chez des amis de Daniel, une dizaine de jours, vers Saint-Nazaire. « Quelle chance ! rétorqua aussitôt ma mère. Vous allez découvrir le pays ! » Elle avait répondu ainsi, avec ferveur et enthousiasme, parce qu'elle aimait sa sœur, mais aussi parce qu'il était bien que les deux couples pussent retrouver chacun un peu d'intimité... On s'embrassa ; on dîna en trinquant à la beauté des régions françaises (dont on ignorait tout) ; et quelques jours plus tard, Eulalie et Daniel s'élancèrent vers les plages de l'océan Atlantique... Alors le vernis craqua : blottie sur le canapé, les mains sur son visage, ma mère se mit à pleurer considérablement. C'était à n'y rien comprendre, voilà qu'elle pleurait le départ de sa sœur autant qu'elle l'avait applaudi... Mon père la regardait sans trop savoir que faire. Il s'assit près de ma mère en murmurant : « Mais enfin, Antoinette, qu'est-ce qui t'arrive ? »

Eulalie et Daniel envolés, ma mère, toujours en pleurs, révéla la cause de son chagrin. C'était bien sûr un problème d'argent. Elle n'avait rien voulu dire à personne « pour ne pas gâcher la fête », mais les petites enveloppes qu'elle rangeait soigneusement dans le tiroir de sa table de chevet (et sur lesquelles on pouvait lire : « repas », « aide au loyer », « loisirs », « économies ») ne contenaient plus rien. S'ouvraient devant mes parents dix jours désargentés. « On était sans travail. Tout en France coûtait une fortune. On avait déjà emprunté un peu d'argent à nos amis, pour le voyage. C'était horrible : on était jeunes et on n'avait rien. » Mon père essayait de sourire pour rassurer ma mère. Comment n'avait-il pas songé à tout cela ? Il s'excusa de sa nonchalance et promit de très vite trouver un emploi. Cette promesse, si sincère fût-elle, ne fournissait pas de solution immédiate... Comment allaient-ils se nourrir ?

Ma mère ouvrit tous les tiroirs et fouilla tous les placards. Elle ne trouva qu'un paquet de riz et une bouteille de sauce tomate. Tous deux étaient entamés. Comme elle se remettait à pleurer, mon père proposa d'explorer la cave – où ils découvrirent de vieilles chaises empilées, des cartons pleins de linge, quelques magazines de foot... et tout un stock de bouteilles en verre. Ils sautèrent de joie. Ces bouteilles vides leur semblaient pleines de promesses. En France, jusqu'au début des années 1980, il était possible de rapporter en magasin les bouteilles en verre pour récupérer *la consigne*. « Alors, on s'est regardés avec ton père, et on s'est dit que la chance nous souriait encore un peu. On pouvait s'en sortir cette fois encore. J'ai essuyé mes larmes, et nous avons mis le plus de bouteilles possible dans de grands sacs. Puis nous sommes allés, à pied, jusqu'au supermarché, à 3 ou 4 km de l'appartement.

Quel concert, chaque fois qu'elles s'entrechoquaient dans nos sacs ! Et au supermarché, comme j'avais honte chaque fois que la machine les avalait ! J'avais l'impression que les gens nous dévisageaient, qu'ils riaient de tout ce bruit de verre, et de ce peu d'argent que nous étions venus mendier… Enfin : c'est ainsi que nous avons pu acheter quelques conserves, du thon, des pâtes, et tenir jusqu'au retour de ma sœur. Nous avons eu de la chance : c'était encore les beaux jours, où le corps a moins besoin de se nourrir. Tout de même : comme on a été heureux de revoir Eulalie et Daniel ! »

Sans doute ma mère, lisant ces lignes, rougira encore, comme elle rougit chaque fois qu'elle se remémore cette histoire. Mais si elle me la raconte si souvent, c'est qu'elle décèle dans cette mésaventure estivale une victoire qui la surprend elle-même, une preuve inopinée de sa force et de sa débrouillardise. Chaque fois qu'elle revient sur cet épisode de sa jeunesse, sur son premier été si frugal en France, je me sens triste et heureux à la fois. Pour eux. Pour moi. Je ferme les yeux et je revois ma mère, timide et amoureuse, devant la consigne, rougissant de honte et serrant fort la main de mon père. J'entends parfaitement ces quelques pièces qui tombent devant eux, vomies de la gueule étroite d'une machine sans âge, à l'entrée d'un supermarché de province. Un jackpot misérable et merveilleux. Dérisoire et salvateur. Honteux et glorieux. Orléans-Las Vegas.

Le plat de lentilles

Il n'y eut pas toujours des caves remplies de bouteilles de verre, et mes parents durent très vite dénicher d'autres astuces pour s'enrichir, ou du moins pour éviter les fins de mois difficiles. Première étape qui semblait évidente : tous deux trouvèrent du travail. Ma mère redevint secrétaire ; mon père redevint linotypiste. Ils tremblèrent un peu moins à la fin de chaque mois, et les enveloppes que ma mère conservait dans sa table de chevet ne furent plus jamais vides. Mais comment pouvaient-ils espérer connaître une vie prospère avec ces salaires d'ouvriers, qui les auraient laissés impuissants devant un mauvais coup du sort ? (Et ils le savaient : le sort frappait toujours.) Ajoutez que ma sœur naquit en 1975, moi en 1978, et qu'il y eut bientôt un pavillon acheté à crédit, et encore plus de désirs à satisfaire, et encore plus de craintes face à l'avenir…

Il fallait prendre de l'avance, ruser contre l'ennemi, être plus ingénieux que le destin, et tenter d'autres moyens de faire fortune, fussent-ils surprenants ou iconoclastes. J'étais un enfant : je me souviens que tous les jours, à la fin du journal de 13 heures, un homme bien en chair, souriant mais sérieux, vêtu d'un impeccable costume cravate, nous informait des dernières tendances de la Bourse, et des investisseurs heureux. J'étais un enfant : je demandai à mon père pourquoi nous ne nous enrichissions pas de cette façon. J'étais un enfant : mon père me regarda comme si les enfants étaient des fous. Actions, obligations, spéculations, fluctuations : avec tout ce qu'il avait vécu, je comprends à présent que mon père cherchait quelque chose de plus fiable, de plus lisible, que ces marchés immatériels, que ces courbes prodigieuses auxquelles on ne comprenait rien, sinon qu'elles pouvaient dégringoler.

L'idéal pour lui (comme pour toute ma famille) restait plutôt l'achat-revente d'appartements, que les adultes évoquaient lors des repas dominicaux, des étoiles plein les yeux, et qui leur paraissait la chose la plus merveilleuse à accomplir dans l'existence, puisqu'ensuite « les loyers tombaient dans la poche chaque mois ». Mais il fallait un capital initial, un apport conséquent… Zut : on continua d'en parler le dimanche midi, les étoiles restèrent au fond des yeux, mais l'achat-revente d'appartements demeura de l'ordre du rêve.

Alors, comment attirer l'argent ? Ou comment faire pour qu'il parte moins vite ? Un dimanche que je croyais semblable aux autres, alors que nous allions passer à table, ma tante Angèle demanda l'attention des autres convives, en tapotant sa fourchette sur son verre. D'une voix pleine d'excitation, les joues rouges, les yeux brillants, elle partagea avec nous cette astuce qui finalement en valait bien une autre : pour s'enrichir, il suffisait de manger un plat de lentilles chaque premier du mois. Elle l'avait entendu à la radio, dans un reportage sur l'Italie. « Tout le monde là-bas le fait ! » Était-ce pour le résultat visuel, avec ces assiettes soudainement garnies ? Était-ce parce que cela obligeait à une certaine régularité, offrant une routine à suivre ? « Ne cherche pas toujours tant de raisons à tout, me grondait ma mère. C'est ce que visiblement des gens très bien font depuis des centaines d'années, et c'est donc ce que nous ferons. » Ainsi s'ouvrit dans ma famille un rituel immuable, aussi sacré que la dinde de Noël ou le poisson du vendredi.

Chaque premier jour du mois, chacun d'entre nous, qu'il soit chez lui ou dehors, au restaurant, à l'étranger, s'oblige encore à déguster une pleine assiette de lentilles. Nous en avons même fait un plat spécifique, délicieux en toute saison (même s'il est beaucoup plus agréable l'hiver que l'été) : c'est ce que nous appelons entre nous un *potaje* (avec cette lettre « j » qui se prononce comme un « r » raclé du fond de la gorge). Pour le reste, j'ai vérifié, et ma tante Angèle ne fabulait pas. Les Italiens font la même chose, ils dévorent eux aussi une belle assiette de lentilles, pour attirer la chance et l'argent, mais seulement le premier jour de l'année... Ma famille, toujours anxieuse de rater le coche, a donc tenté de multiplier ses opportunités par douze en adoptant cette tradition, et en modifiant sa posologie. Je ne sais s'ils espèrent réellement attirer la fortune par ce biais ; ou que s'estimant particulièrement malmenés par le destin, ils n'attendent somme toute qu'un destin ordinaire en échange de tant d'efforts alimentaires.

La recette de famille

J'y songe, et cela pourrait ne pas déplaire : voici la recette des lentilles de ma tante Angèle. Essayez ! Si la fortune ne vient pas tout de suite, le plat est en tout cas délicieux.

Ingrédients du potaje (pour quatre personnes) : 250 g de lentilles – 1,5 litre d'eau – 2 belles pommes de terre – 1 tomate – 1/2 poivron rouge – 1/2 poivron vert – 1 oignon – 3 gousses d'ail – 1 carotte – 100 g de lardons – 8 tranches de chorizo – 1 cuillère à café de paprika – 1 feuille de laurier – 1 cuillère à soupe d'huile d'olive – sel.

- Mettez l'eau et les lentilles dans la casserole et portez à ébullition. Laissez cuire ensuite à feu moyen pendant 15 minutes.
- Ajoutez les pommes de terre et la tomate, pelées et coupées en morceaux. Incorporez également le poivron et l'oignon émincés, ainsi que les gousses d'ail entières pelées.
- Pelez la carotte et coupez-la en fines rondelles. Ajoutez-la au mélange, ainsi que les lardons. Mélangez.
- Placez les tranches de chorizo sur une assiette couverte de papier Sopalin, et mettez au micro-ondes pendant 1 minute. (Cela permet d'enlever un peu le gras.)

- Ajoutez-les au mélange, ainsi que le sel, le paprika, la feuille de laurier et l'huile d'olive. Mélangez bien, couvrez et laissez cuire 25 minutes à feu doux (ou jusqu'à ce que les pommes de terre soient cuites).
- Servez sans trop attendre.

Des crêpes qui n'enrichissent que moi

Pour mes parents comme pour toute ma famille, rien ne semblait plus important que de s'intégrer à la société française – l'idéal étant d'y passer inaperçu. Nous suivions ainsi toutes les traditions et les coutumes du pays, le 14 Juillet, le 1er Mai, mais toujours à notre manière singulière et utilitaire : toujours en quête de plus de chance. Pour ma part, j'aimais surtout la Chandeleur. Ce jour-là, nous faisions comme tout le monde, nous préparions une montagne de crêpes dont le parfum de fleur d'oranger embaumait la maison. Mais que ce soit parce que la poêle n'était pas assez chaude ou que son poignet manquait de vigueur, la première crêpe que faisait sauter ma mère était toujours ratée – repliée sur elle-même, trop épaisse ou criblée de trous ; et nous ne la consommions pas. Qu'importe : elle servait un plus noble dessein. « C'est celle-ci qui nous portera chance en affaires », assurait ma mère. Des affaires ? Nous ne faisions affaire avec personne, les adultes se contentaient cinq jours sur sept de troquer leur temps contre un peu d'argent... Peu importe : telle la grande prêtresse d'un culte secret, ma mère observait avec solennité cette première crêpe avant de la déposer sur une assiette blanche. Elle y plaçait ensuite une pièce de 10 francs, puis l'enveloppait dans du papier d'aluminium. Dix francs : quelle fortune pour l'enfant que j'étais ! La cérémonie s'achevait et rien ne l'avait troublée : je voyais ma mère se saisir de cette amulette nouvelle, comestible mais immangeable, et la déposer, en grimpant sur une chaise, tout en haut de son armoire. « Qu'elle y reste, et qu'elle fasse son travail ! »

Ainsi, au fil des ans, une véritable collection de crêpes loupées s'accumula au sommet de cette vieille armoire, formant un cimetière aérien de gris-gris putrescibles censés nous conduire vers la richesse. (Les questions d'hygiène cédaient alors le pas aux « affaires », évidemment.) Pendant plus de quinze ans, nous nous sommes pliés à cette coutume, et avons sacrifié aux idoles de farine, de beurre et de lait. Il était inutile de discuter avec les adultes : eux savaient, pas nous. Ces petits sarcophages argentés, renfermant des crêpes en décomposition, attendaient la fin des temps ; mais leur adoration s'interrompit quand j'avais seize ou dix-sept ans, et clairement par ma faute. Cela faisait des semaines que ma sœur tançait mes parents pour ranger leur chambre et nettoyer leur armoire – et pour évidemment récupérer, en guise de salaire, les nombreuses pièces enfouies dans les vestiges des crêpes ratées. Ma mère, tiraillée entre son désir d'hygiène et son respect des superstitions, lassée également par les requêtes de ma sœur, consentit enfin au grand ménage. Cela ne faisait pas mes affaires : je tremblais pendant que ma sœur, maladroitement perchée sur une chaise, tâtonnait le haut de l'armoire parentale pour exhumer les reliques de nos Chandeleurs passées. Elle déposa enfin sur le lit une douzaine de petits paquets rectangulaires, poussiéreux, qu'on aurait dits d'une autre civilisation. On découvrit des crêpes durcies, effritées, ratatinées, moisies ; mais malgré ses fouilles minutieuses, ma sœur ne trouva rien d'autre. Aucune trace des belles pièces de 10 francs. Comment avaient-elles disparu ? Était-ce l'œuvre d'une main divine et avare ?

Je dus avouer la vérité, qui est toujours plus plate : quelques jours après chaque Chandeleur, l'enfant que j'avais été s'était chaque fois précipité dans la chambre de ses parents, le cœur battant la chamade, pour grimper sur une chaise ou sur un fauteuil, et mettre la main sur le trésor qu'il savait dissimulé là, au sommet de cette armoire qui lui était un Everest. J'avais chaque fois dépensé mon butin immédiatement en bonbons, gadgets ou vignettes Panini. Eh quoi ! Quel enfant n'aurait pas fait de même ? Devant une si ridicule confession, mon père se mit à rire, tout comme ma sœur – on la sentait tout de même vexée d'avoir été si ingénieuse en vain. Ma mère était plus scandalisée. Elle me regardait, absolument outrée : « Mais comment veux-tu que ça marche si tu triches ? Voilà pourquoi on n'arrivait pas à économiser ni à gagner plus d'argent ! Quel gamin ! Quel gamin ! Et tu as gâché mes efforts tout ce temps ? » Elle tenait enfin l'explication de l'inefficacité flagrante de sa méthode pour réussir dans la vie : c'était moi.

Saint Pancrace ou Bouddha ?

Dans ma famille, nul n'eut jamais l'audace d'implorer Dieu pour résoudre ses tracas financiers. Cela tenait encore à notre modestie maladive. Nous estimions qu'Il avait trop à faire avec les désespérés, les malades, les âmes en peine. « Il y a plus malheureux que nous, heureusement. » Cet « heureusement » m'a longtemps intrigué – je sais à présent qu'il est le grand soupir de soulagement de nombreux êtres humains. Passons. Le problème, c'est que Jésus aussi devait avoir trop à faire avec les larrons, les brebis, les prostituées, les pécheurs, les orphelins, les veuves, les opprimés, les égarés, les rejetés, les persécutés. Même la Vierge Marie : tout le monde savait combien elle était douce et miséricordieuse, immensément compréhensive, et donc tout le monde devait lui demander quelque chose, tout le temps… Impossible par conséquent de compter sur ces trois-là qui allaient forcément au plus urgent. Le proverbe dit qu'il vaut mieux s'adresser au Bon Dieu qu'à ses saints… Nous en concluions le contraire : mieux valait s'adresser aux saints, moins célèbres, plus libres et plus nombreux, et dont la disponibilité était moins sujette au doute. Saint Antoine s'occupait déjà de toute notre famille : il fallait un autre gradé, un professionnel de l'épargne, un fin connaisseur du capitalisme. (Tout comme on a parfois besoin d'un médecin spécialiste, même si notre généraliste demeure très compétent.) C'est ma tante Jeannette, si mes souvenirs sont exacts, qui dénicha pour nous la perle rare. Le banquier céleste existait bel et bien, il s'appelait saint Pancrace. L'allié idéal : relativement méconnu, quoique très puissant. Son nom signifiait en grec : « Celui qui possède tout. » Tout ! Nous n'avions pas besoin de plus.

Qui était-il vraiment ? Quelle vie avait-il vécue ? À quelle époque ? Personne chez nous ne savait ces choses-là, ni ne s'en préoccupait. Des figurines de lui envahirent les diverses pièces de nos demeures, mais sa vie terrestre ne nous intéressait guère. Ouvrons aujourd'hui une encyclopédie :

« Selon la tradition chrétienne, saint Pancrace naquit à la fin du IIIe siècle dans une région correspondant à l'actuelle Turquie. Bien que son existence n'ait jamais été remise en question, nous ne possédons que très peu de données sur sa vie. Ses parents étaient d'origine païenne et, lorsqu'il devint orphelin, saint Pancrace voyagea à Rome en compagnie de son oncle Denis. C'est là qu'il se convertit au christianisme. À l'âge de quatorze ans, il fut martyrisé lors de la persécution de Dioclétien, qui ordonna qu'on le décapitât. Son tombeau fut installé dans le cimetière d'Octavilie, juste à côté de la fameuse Via Aurelia. À ce même endroit, le pape saint Symmaque fit élever l'actuelle basilique, qui porte le nom de San Pancrazio. »

Je ne savais rien de tout cela. Pendant longtemps, saint Pancrace n'évoqua pour moi qu'une figurine bon marché, haute d'une quinzaine de centimètres, en résine, mal moulée, mal peinte. Ma tante Jeannette, après avoir découvert l'existence et les pouvoirs du saint, avait déniché une vingtaine de ces petites sculptures, qu'elle avait ensuite offertes à tous ceux qu'elle aimait et dont elle voulait voir le destin changer. J'ai devant moi l'une d'entre elles, défraîchie à présent, et je ne peux m'empêcher de sourire en constatant l'air enfantin de saint Pancrace… Nous avions confié nos existences à un gamin qui porte des bottes jaunes, une tunique rouge, des vêtements verts. Sa main droite est tendue vers le ciel tandis qu'il brandit de sa main gauche une bible épaisse, ouverte à une page qui proclame en grosses lettres : « *VENITE AD ME ET EGO DABO VOBIS OMNIA BONA.* » « Venez à moi et je vous donnerai tous les biens » : voilà une promesse qui fit rêver ma famille pendant des années. Enfant pourtant, observant cette figurine, et malgré cette bible grande ouverte (toujours se méfier des signes ostentatoires), j'avais l'impression que saint Pancrace dissimulait sous son air ingénu un côté vénal. Tout a un prix, et Jeannette nous avait prévenus : pour activer les pouvoirs du saint, nous devions lui offrir chaque mois un bouquet de persil, qu'on disposait près de lui, dans un verre à eau… Une plante herbacée en échange de richesses ? Le deal semblait correct, et même si la superstition se greffait alors à la religion, les adultes cédèrent vite à ce petit caprice. Ainsi retrouvais-je saint Pancrace, flanqué de son beau bouquet de persil, en divers lieux de mon enfance, près de la porte d'entrée de mon oncle Michel, dans la cuisine de ma tante Eulalie, dans la salle de bains de ma cousine Elena, au fond du couloir de ma propre maison… Les lieux changeaient, mais on se sentait dès lors partout chez soi. Parfois même, quand nous passions l'après-midi chez des amis de mes parents, je sursautai en découvrant sur une étagère la figurine de ce saint que je croyais nôtre. Je reniflais discrètement son bouquet de persil. Ces retrouvailles me contrariaient ; elles me rassuraient également. Elles prouvaient que nous étions chez des gens très bien, des amis dignes de confiance – car jamais Jeannette ni mes parents ne leur auraient autrement révélé les fabuleux pouvoirs de saint Pancrace, ni son mode d'emploi incongru.

L'histoire, déjà loufoque, aurait pu s'arrêter là. Cependant, ma tante Jeannette était perfectionniste ; puis elle nous aimait beaucoup. Quelque temps après avoir découvert les pouvoirs de saint Pancrace, et offert à tout le monde ces figurines bon marché, elle apprit dans un *Quid* que la sculpture en résine d'un gros bouddha blanc, les mains ouvertes sur ses genoux (ce qui permettait d'y déposer une pièce de monnaie), faisait aussi un formidable repoussoir contre les problèmes financiers. La pauvre femme, déboussolée par cette découverte qui doublonnait la précédente, affolée à l'idée qu'à cause d'elle notre famille misait peut-être sur le mauvais cheval, n'eut guère le choix : elle courut visiter bon nombre de magasins de décoration, à Orléans comme dans ses alentours. Elle y dévalisa les étagères et les rayons (qui croulaient sous le kitsch orientaliste) et acquit en quelques jours une vingtaine de gros bouddhas rieurs, assis en tailleur, les mains ouvertes, avides.

Nous ne possédions pas les connaissances de Jeannette, et nous n'osions pas la contredire. Par conséquent, personne dans la famille ne refusa ce nouveau cadeau. Saint Pancrace et Bouddha se regardèrent du coin de l'œil, mais ils apprirent à se connaître, à s'apprécier, et ils demeurèrent longtemps l'un à côté de l'autre, sur nos étagères, nos commodes, nos guéridons. Ceinture et bretelles, disaient encore certains – mais qui peut discerner si c'était la ceinture chrétienne ou les bretelles bouddhiques qui maintenaient notre pantalon ? Ce mélange inhabituel de traditions ne faisait pas souffler un grand vent de chance et de prospérité sur notre lignée, mais il n'y eut pas non plus de banqueroutes. Les choses allaient comme elles doivent aller si l'on reste prudents, si l'on travaille et fait régulièrement ses comptes. Chaque soir, rentrant dans nos maisons, nos appartements, nous défilions en souriant devant le gros Bouddha blanc, le jeune Pancrace en tunique rouge, le beau bouquet de persil vert. Trinité blasphématoire, je sais bien. Trinité enfantine et dérisoire, bricolée dans l'urgence de la vie… L'œcuménisme est un pragmatisme. Nul n'essaya jamais de bouleverser l'équilibre délicat de nos nouvelles superstitions. De toute façon, ma tante Jeannette fronçait les sourcils et levait la main dès que l'un d'entre nous faisait mine de ne plus supporter le ridicule et la laideur de ces objets d'idolâtrie. Elle répétait avec assurance : « On ne change pas une équipe qui gagne ! » Dans ma famille, tant qu'on ne perdait pas beaucoup, on considérait que l'on gagnait.

Les tirages du Loto

Peut-être ne cherchions-nous pas tant à devenir riches qu'à le paraître. Le montrer : montrer qu'il pouvait nous arriver aussi de belles choses, que les dieux n'allaient pas toujours contre nous, et que nous avions le droit d'être heureux comme tant d'autres. Pour illustrer tout cela, la manière la plus simple et la plus théâtrale était incontestablement de gagner à la loterie.

Diffusé le mercredi et le samedi soir sur TF1, le tirage du Loto semblait le grand événement – la grande délivrance – que les membres de ma famille attendaient le plus, chaque semaine, dans un mélange d'excitation et d'angoisse que j'aurais encore du mal aujourd'hui à décrire. Essayons : ces soirs-là, nous nous tenions devant le poste de télévision comme devant une pythie moderne. Ses prédictions, en effet, pouvaient bouleverser nos vies. Je revois ma mère, accrochée aux bras du fauteuil, laissant échapper des incantations mystérieuses pour charmer les dieux invisibles de la fortune. Je revois mon père réciter mentalement chaque numéro qu'il désirait, comme si cette énumération tardive pouvait influencer le hasard. Au moment du tirage, un silence sacré envahissait la pièce, seul le timbre enjoué de la présentatrice à la télévision osait le défier, remplissant le vide d'espérance. Les boules, une à une, s'échappaient de leur danse chaotique et se rangeaient sagement, tout en bas de l'écran.

Le destin nous faisait face.

Enfin, nous savions : nous avions encore perdu.

Une déception terrible éclatait dans le salon, comme une bulle de savon rencontrant un doigt mauvais. Un soupir désabusé, un grognement frustré, un rire hystérique – chacun exprimait son désarroi à sa manière. Les masques pleins d'espoir tombaient, révélant l'amertume sur les visages de ceux qui voyaient encore une fois leurs rêves s'effriter. Emporté par cette vague, moi-même j'étais déçu.

Que faire contre le sort ? Mes parents avaient trouvé une minuscule bouée dans cet océan de déception : ils manquaient parfois sciemment l'heure de diffusion du Loto, prolongeant ainsi le suspense, créant une pièce de théâtre qui s'éternisait, dont la fin leur restait inconnue. (Il existait un numéro de téléphone spécial qu'ils auraient pu composer le soir même, pour obtenir les résultats du tirage, mais il était surtaxé ; mes parents refusaient de payer pour être déniaisés.) Ils ronchonnaient alors faussement, maudissant et bénissant cette étourderie qui leur permettait de murmurer en un sourire parfait, les yeux brillants : « Peut-être que nous sommes millionnaires et que nous l'ignorons ? »

Si puérile qu'elle fût, cette parade les autorisait quelques heures à vivre dans un autre univers, où ils étaient peut-être et même sûrement immensément riches. Ils ne couraient pas dans les magasins bien sûr ; mais leurs voix se teintaient alors d'une insouciance nouvelle, leurs pas dans la maison devenaient plus décidés, leurs regards vers les objets du quotidien, la lampe, le fauteuil, ou même vers ma sœur et moi, s'illuminaient d'un éclat particulier, comme s'ils découvraient un monde nouveau, où ils étaient enfin vainqueurs. Ils allaient et venaient dans le couloir, caressant les murs, les bibelots, l'encadrement des portes… Ils soupiraient, plissaient les yeux, comme font dans les films ceux qui déchiffrent l'horizon. Ils partaient enfin se coucher magnifiquement, ivres ou déjà las de leur vie surclassée. Le lendemain, l'illusion s'évaporait, quand la radio leur rappelait qu'il existait pour chaque tirage pas moins de 3 838 380 combinaisons possibles, et qu'une seule avait permis d'emporter le gros lot… Qu'importe : durant quelques heures, mes parents avaient dormi comme des millionnaires, savourant les délices fugaces de l'ignorance et de l'espoir – un jeu d'ombres et de lumières projetées sur la toile de leur quotidien, dont je ne me moque absolument pas et que j'envie presque, pour ce qu'il dit des beaux pouvoirs de l'imaginaire et des grandes ruses de l'esprit.

Gratter, gagner

Tac-O-Tac, Millionnaire, Banco, Solitaire, Morpion, Cash, Astro, Vegas… Les années 1980-1990 constituèrent en France l'âge d'or des jeux à gratter. Mille manières simplissimes de changer de vie, ou du moins de rêver à une autre existence. Mille promesses que les buralistes du Narval, de La Besace ou du Derby nous faisaient en souriant, mais qui s'évaporaient comme tant d'autres sitôt qu'on y regardait de près. Ces tickets pour la fortune existent-ils encore ? Contre 100 francs, on pouvait même acheter une pochette-surprise de quinze ou vingt jeux différents – une pochette toute d'aluminium, scintillante et légère, qui crépitait sous nos doigts impatients. À ces jeux-là, les femmes de ma famille semblaient avantagées, avec leurs ongles longs ; les hommes devaient d'abord fouiller dans leurs poches pour trouver une pièce ou une clé qui leur permettait de gratter le mystérieux vernis sélectif, en acrylique gris, qui leur barrait la voie vers la richesse... Parfois, les adultes nous demandaient de l'aide en chuchotant, notre excitation était immense, même si les jeux d'argent étaient interdits aux enfants, ou justement parce qu'ils l'étaient. Hélas, le beau trésor promis par la Française des jeux restait insaisissable : 10 francs, 20 francs, voilà ce que l'on empochait avec un peu de chance, une goutte dans l'océan de nos rêves. Je me souviens qu'il restait sous nos ongles enfantins – comme après avoir touché un papillon – un peu de poussière d'or ou d'argent, qui partait le soir, avec l'eau du bain. Cela m'attristait : même cette mauvaise cendre ne nous appartenait pas.

Paco décroche le gros lot

Parmi tous les membres de la famille, mon oncle Paco, le frère aîné de mon père, était celui qui se laissait le plus entraîner par les jeux d'argent. Imposant, chauve, affublé d'une moustache épaisse, il était aussi discret que bavard, et vivait en tout cas dans un état d'esprit où les deux adjectifs ne s'opposaient en rien. Je le voyais peu car il habitait à Paris avec sa femme, Rosario. C'est là qu'ils avaient fui dès qu'ils avaient quitté le Maroc, à la mort de mon grand-père paternel – abandonnant derrière eux pas mal de gens, dont mon père.

C'est peut-être pour cela que nos rencontres demeuraient rares.

Que trouvèrent-ils à Paris qu'ils n'auraient pu trouver ailleurs ? Pendant vingt-sept ans, et très précisément jusqu'au 7 mars 1987, Paco et Rosario menèrent une existence de privations dans trois chambres de bonne, en haut du boulevard du Montparnasse, attendant chaque jour des jours plus fastes. J'ignore comment ils avaient obtenu ces chambres, l'une servant de cuisine, la deuxième de salon et la troisième de dortoir. Les commodités, partagées avec l'ensemble de l'étage, se trouvaient sur le palier. Malgré l'absence de salle de bains, Paco et Rosario paraissaient satisfaits, voire fiers de leur logement – trois pièces, même disjointes, en plein cœur de Paris, c'est vrai que ce n'était pas négligeable. De surcroît, les allers-retours dans le couloir, en chaussons et robe de chambre, leur avaient offert l'opportunité de se familiariser avec tous leurs voisins.

Nous allions trois ou quatre fois dans l'année rendre visite à tout ce monde. L'ambiance et la configuration des lieux ne me dérangeaient pas : elles me semblaient une manifestation de l'art de vivre parisien, et la règle quand c'était bien sûr l'exception. Nous nous installions autour de la table de la cuisine, ma sœur et moi avec un verre de jus de fruits, mes parents avec une bière, et mon oncle avec ses grilles de Loto. Il avait l'apparence d'un homme simple, pour qui les frivolités de la mode étaient aussi étrangères que les étoiles lointaines. Parsemé d'une multitude de taches, son pantalon semblait avoir absorbé des années de repas, et sa chemise, constamment humide, témoignait d'une intense activité physique, en contradiction avec ce que mes parents disaient de lui. Paco, en effet, n'avait jamais travaillé... C'était Rosario qui ramenait tout l'argent du foyer, en s'épuisant comme femme de ménage pour quatre familles du XVIe arrondissement.

Travailler ? Mon oncle avait mieux à faire. Il passait ses journées à gratter des tickets de jeux, à se renseigner sur le prochain tiercé (il voulait tout savoir : conditions atmosphériques, performances des chevaux, expériences des jockeys, instabilité de la cote), et surtout à remplir d'innombrables grilles du Loto. Convaincu qu'il existait un truc très simple, une astuce inédite, qui permettait de décrocher le gros lot, il dormait peu, et préférait étudier les derniers tirages diffusés à la télévision – au ralenti, grâce à son magnétoscope. Il compulsait également des ouvrages sur les probabilités, des biographies sur les heureux gagnants. Lors de nos visites, Paco essayait de nous expliquer ses multiples stratégies « pour toucher le pactole ». Ses phrases baignaient alors dans un mélange de français et d'espagnol, dans une hésitation linguistique qui ajoutait à l'étrangeté de sa conversation. Il disait en blaguant : « Je cherche quelque chose *como* la carte routière du destin » – mais on voyait bien qu'il ne plaisantait pas. Il continuait : « C'est fou quand on y pense : on peut être *pobre* un jour et millionnaire le lendemain ! Et ce changement est *posible* juste parce qu'on a coché les bons numéros ! On a bien coché le 39, et pas le 29 ! On a bien choisi le 5, et pas le 3 ! On a choisi quelques numéros, et ce sont exactement les *mismos* que le boulier ou la soufflerie ensuite choisissent ! Et certains voudraient que ce soit du hasard ! Ben voyons ! Ben voyons ! »

J'étais un enfant : l'oncle Paco tenait pour moi du savant, de l'alchimiste, peut-être même du génie, étant donné que ses explications m'échappaient complètement. « Tu vois, *Lorencito*, reprenait-il, le secret c'est juste de comprendre *por qué* certains chiffres veulent sortir *y* d'autres non. Et ça tient à *poco* de choses... *Muy poco* de choses... » Hélas, il ne disait jamais à quoi cela tenait. Paco ne terminait jamais ce genre de phrases, ou peut-être que je riais et que je n'écoutais pas... Rosario, vêtue d'une éternelle robe de chambre à pois jaunes et bleus, observait en silence ces scènes de révélation où rien n'était révélé.

L'étrange fixité de son sourire m'empêchait de déterminer si elle était en proie à une désespérance intérieure face à son époux, ou si elle abritait en elle une fierté folle. Est-ce qu'au moins il gagnait parfois ? Même de faibles sommes ? Je l'ignore, mais ses astuces, théories et autres martingales m'intriguaient tant que je ne les ai pas oubliées.

Le triangle de Pascal, la spirale d'Ulam, la suite de Fibonacci, le cube de Métatron, le cône de Moser, la courbe de Peano : après trois décennies consacrées à la quête très empirique de la chance, l'esprit de Paco se retrouvait encombré d'une incroyable panoplie de théories, et de tout un attirail de rituels qu'il essayait de m'expliquer à chaque visite. Certaines fois, il me proposait de l'accompagner jusqu'à son buraliste. Je jure qu'il ne manquait alors jamais de se coiffer d'un chapeau de feutre vert, orné d'une extravagante plume de paon (qu'il disait avoir appartenu à un grand marabout). Il avait aussi pour habitude, lorsqu'il fallait valider sa grille de jeu, de frotter trois fois le ventre de son porte-bonheur préféré, un petit lièvre en porcelaine. « C'est pour avoir trois fois plus la chance », murmurait-il si je m'en étonnais.

Paco tenait également un journal de ses rêves, pour y déceler les messages que le destin aurait pu lui envoyer. Chaque situation, chaque image, y était analysée, interprétée. Parfois, il se tournait vers moi, son journal à la main. « Tu te *recuerdas* de ton rêve de cette nuit ? Raconte-le-moi. N'omets *nada*. Peut-être es-tu le messager que j'attends, l'intermédiaire entre la chance *y* moi. » Ses yeux brillaient d'un mélange d'espoir et de curiosité. Mais l'idée d'être un porteur de messages du destin m'emplissait de terreur... Je rougissais sans pouvoir rien répondre. Refermant son journal, Paco secouait la tête avec beaucoup de mépris, et ne me parlait plus de la journée.

Je continue à parler de lui : pour choisir ses numéros, mon oncle reprenait parfois des dates qu'il considérait comme importantes, comme les anniversaires ou les grands événements historiques (noces royales, catastrophes écologiques, armistices, déclarations de guerre). Cependant, sa méthode préférée restait « la danse des étoiles ». C'était aussi la plus poétique. Paco attendait la tombée de la nuit pour ouvrir grand la fenêtre de sa cuisine ; il reportait alors sur sa grille les constellations qu'il voyait depuis son dernier étage, afin de verser précautionneusement toute la chance du ciel sur son tout petit bulletin de Loto.

Riez ! Riez ! Croyez-vous que nous n'avons pas ri nous aussi ? Jusqu'à ce jour de mars 1987, où Paco vint frapper à notre porte. Il ne nous rendait pas souvent visite – Orléans : quel intérêt pour lui ? –, mais il était bien là, visiblement épuisé et pourtant souriant, un peu mieux habillé que d'habitude, lui dont je ne connaissais que les pantalons en velours élimés et les chemises en tissus synthétiques. Un taxi l'avait déposé devant notre pavillon. « Je suis venu *beber* un café », déclara-t-il simplement. Mes parents acceptèrent ce prétexte qui en valait bien un autre. « Il va sûrement nous demander de l'argent », murmura mon père.

Ce n'est que devant ce café qu'il avait réclamé que Paco s'ouvrit : « Vous devinez ce que je *voy* vous annoncer. C'est fait : j'ai gagné au Loto. Je veux *decir* : j'ai gagné le gros lot. » Mes parents l'écoutaient avec un demi-sourire. J'étais là moi aussi, assis par terre. On imagine mal la puissance de la contre-plongée sur un enfant : j'étais subjugué. Je savais que Paco disait la vérité. Dès qu'il avait passé la porte, j'avais vu qu'il était devenu très différent de nous. Il racontait : « Ça s'est passé il y a *tres dias*. J'étais avec Rosario sur notre canapé, j'attendais le tirage du Loto. J'avais senti, dès *la mañana*, que ça n'allait pas être un jour comme les *otros*. Il y avait quelque chose dans l'air… Et puis le tirage a commencé. J'ai dit à Rosario : "Ça démarre bien, j'ai *tres* numéros !", et quelques secondes plus tard : "J'en ai même *cuatro* !" Quand j'ai vu que j'en avais *cinco*, une bouffée de chaleur m'a envahi, j'ai failli me trouver mal, mais j'ai trouvé la force de le lui *decir* quand même. Quel désordre dans ma tête ! Je tremblais. J'étais dans un *pánico* étrange – euphorique. Mais il fallait encore le numéro complémentaire, sinon… J'ai vu la dernière *bola* jaillir ; elle roulait, roulait, on lisait difficilement le nombre qu'elle portait. Elle s'est arrêtée, et j'ai vu que c'était *exactemente* le nombre que j'attendais. Je n'ai rien pu dire. Ça n'aurait servi à rien, car Rosario s'était approchée de moi. Elle voyait *por qué* je ne disais plus rien… »

C'est ainsi que mon oncle Paco, qui n'avait jamais travaillé de sa vie, et dont tout le monde moquait les théories et les rituels, empocha soudainement

14 millions de francs – un peu moins de 4 millions d'euros. Et c'est ainsi que j'eus dans mon enfance, grâce à la Française des jeux, un oncle millionnaire. Oh ! Ma vie ne fut en rien bouleversée. Certes il y eut un grand dîner parisien, mais les enfants ne furent pas invités. Paco et Rosario, qui avaient vécu si chichement pendant si longtemps, et qui craignaient de retourner dans la pauvreté, ne changèrent absolument rien à leur train de vie. Rosario continua pendant dix ans à travailler comme femme de ménage pour diverses familles assurément moins riches qu'elles. Paco continua à jouer au PMU et au Loto. Nous avons continué à les voir parfois – de plus en plus rarement. Puis, un jour, sans prévenir personne ni même leurs voisins, les deux tourtereaux bagués d'or s'envolèrent pour l'Espagne, afin de profiter d'une villa qu'ils avaient fait construire secrètement, vers Alicante. Comme il avait fui le Maroc à cause de sa pauvreté, mon oncle fuit la France à cause de sa richesse. « Il avait très peur qu'on lui demande quelque chose », expliquait ma mère. Mon père s'agaçait : « Je ne lui ai jamais rien demandé ! » Le pauvre en était fier. Moi non : j'imagine encore ce que j'aurais pu obtenir, si j'avais eu l'audace de supplier.

Je n'ai plus jamais revu mon oncle ni ma tante, et si l'espérance de vie à la naissance est un indicateur statistique fiable, ils doivent être morts à présent. Et tout leur argent ? J'ignore où il dort et qui en profite. Paco et Rosario n'avaient pas d'enfant. Rosario n'avait pas de famille. Paco seul avait des frères… Comme mes parents si rêveurs, qui rataient sciemment la diffusion du tirage du Loto, parfois je me dis : « Je fais attention à ne pas trop dépenser. J'économise pour partir en vacances. Mais… peut-être qu'un testament a été trouvé il y a très longtemps dans une villa vers Alicante. Peut-être qu'un notaire espagnol se désespère et me cherche depuis des années : "Mais enfin, où vit ce mystérieux Laurent Nunez ?" Peut-être que je suis immensément riche. »

La plante de la fortune

On n'a jamais su comment mon oncle Paco avait gagné à la loterie, et mes parents mirent quelques années à faire leur deuil de sa si secrète martingale. Pour se consoler, ils devaient se dire qu'ils connaissaient tout de même beaucoup d'autres stratagèmes pour s'enrichir : le plat de lentilles, les crêpes de la Chandeleur, les statuettes de saint Pancrace et du Bouddha… Je n'ai pas mentionné la feuille de laurier dans le portefeuille, ni les pièces trouées qu'il fallait porter autour du cou… La liste des trucs et astuces s'allongeait pourtant d'année en année, grâce aux amis, aux dîners, aux voyages. Au début des années 2000 s'ajouta même une plante verte. Une plante qui attire l'argent ? Ne riez pas. J'avoue moi-même, non que j'y aie cru, mais qu'il m'a été agréable de ne pas m'opposer à ma famille pendant quelques mois, et de feindre d'y croire.

Ce devait être en septembre 2006 ou 2007, la date précise est de peu d'importance. Je n'avais pas trente ans en tout cas. J'habitais Paris, mes parents toujours Orléans et, un jour que je leur rendais visite, je découvris une nouvelle plante qui ornait la table de la cuisine. Je ne dis rien : le monde végétal ne m'est ni familier ni intéressant. Ses feuilles d'un vert brouillon, légèrement brillantes, s'entremêlaient sans grâce particulière. Je crois qu'elle ne dégageait pas d'odeur. Je sais qu'on n'y voyait aucun bourgeon, aucune fleur. C'était juste une plante, et elle était verte. L'heure du déjeuner approchait : je pris ce pot pour le poser ailleurs, afin de dresser la table. C'est alors que ma mère s'exclama dans un mouvement de panique : « Fais attention, Laurent ! C'est la plante de la fortune ! » Les présentations étaient faites… Cette appellation m'étonna, m'épata. Pour moi, je ne tenais dans les mains qu'une plante verte, banale, ni belle ni laide, et donc plus laide que belle. Ma mère, toujours inquiète, mais plutôt fière de son petit effet (nous sommes une famille de conteurs), s'éloigna de la cuisinière où le repas mijotait. Elle me demanda de m'asseoir, prit une chaise à côté de moi, et entreprit de m'expliquer les causes de son effroi. Le déjeuner pouvait bien attendre.

Cette plante d'apparence si commune, mon père et elle l'avaient rapportée d'Espagne quelques semaines auparavant, avec d'infinies précautions – et bien dissimulée sous une couverture, « loin des yeux des douaniers ». Mes parents venaient en effet de passer le mois d'août à Gandia, dans une petite maison au bord de la mer. Leur peau était encore tannée par le soleil méditerranéen. Ils me semblaient reposés, heureux. Et confiants en l'avenir. Eh bien : c'était grâce à cette plante. « Ce n'était qu'une bouture d'une plante que possédait notre voisin là-bas, Juan-Jo, mais regarde comme elle a poussé ! En Espagne, on l'appelle *la planta del dinero*. Je ne te traduis pas. Juan-Jo en prenait beaucoup trop soin, et cela a piqué la curiosité de ton père. Alors, le voisin nous a tout raconté. C'est une plante qui vient en fait de Madagascar. (Tu sais comme ils sont pauvres là-bas.) Il faut l'avoir chez soi, au centre de la maison ; et bien l'arroser, dépoussiérer ses feuilles, lui parler souvent, la câliner presque. Elle propage alors des ondes de chance, notamment pour gagner de l'argent, vers tous les membres de la famille. »

Je fis non de la tête, puis ris franchement. « Maman, tu crois vraiment à cette histoire de plante porte-bonheur ? – Oh ! laisse les gens croire à ce qu'ils veulent ! me répondit-elle en soufflant. Cette plante, Juan-Jo l'avait depuis l'été dernier, et il est resté trois mois à Gandia ! Trois mois à bronzer sur la plage ! Tu crois qu'on peut se payer cela comment, quand on est coiffeur ? » Comme sa question n'appelait pas de réponse, je ne répondis rien. Ma mère profita de mon silence pour reprendre : « Je trouve en plus que c'est une belle plante, regarde ses petites feuilles rondes, on dirait des pièces de monnaie… On l'a méritée, crois-moi, car je n'aurais jamais pensé que ce serait si compliqué de la récupérer… » Elle n'en dit pas plus, essayant de ne pas croiser mon regard.

On sentait qu'elle voulait que je sois intrigué. (Je vous répète que nous sommes une famille de conteurs.) Je le fus : « Compliqué à récupérer ? Pourquoi donc ? Ce n'est qu'une plante ! » C'est alors que ma mère me révéla le mode d'emploi complet de la superstition : cette plante qui paraissait si banale, dont les pouvoirs étaient si puissants, ne pouvait donner le meilleur d'elle-même que si on la soustrayait à quelqu'un. « Si quelqu'un te l'offre ou te la donne, c'est foutu : elle perd immédiatement ses ondes de chance ! » Je restai bouche bée, moins choqué tout de même par cette nouvelle croyance que par la philosophie qui en découlait : il semblait qu'on ne pouvait donc s'enrichir que par le vol… Cette modalité d'acquisition était absolument contraire à la grande honnêteté de mes parents. « Mais alors, s'il faut voler cette plante, vous avez fait comment ? »

Tant pis pour le déjeuner : le visage grave et pourtant l'œil souriant, exactement comme un agent du FBI qui débrieferait sa dernière mission subsaharienne au président des États-Unis, ma mère entreprit de m'expliquer sa grande aventure des vacances. Dès que Juan-Jo leur avait révélé les pouvoirs de sa plante, elle avait compris qu'il fallait en rapporter une bouture à Orléans ; toute sa famille en avait besoin. Mais puisqu'il fallait la dérober, elle n'en dit rien à la future victime. Elle ne dévoila son obsession qu'à mon père, le soir, qui souffla : « Comment veux-tu qu'on fasse ? » Imaginez leur supplice : la plante porte-bonheur trônait sur la table de jardin du voisin, de l'autre côté de la clôture, bien visible, accessible à tous – pourvu que la porte du jardin de Juan-Jo fût ouverte… Elle ne l'était jamais. C'était l'été. Les touristes étaient nombreux. Juan-Jo était méfiant.

Mes parents étaient têtus.

Dès lors, chaque nuit (sauf celle qui suivit la révélation de Juan-Jo, bien sûr, car mes parents estimaient que le voisin devait être sur ses gardes), vers 1 ou 2 heures du matin, mon père sortait du bungalow en claquettes, et dans un silence plus ou moins maîtrisé. Il marchait précautionneusement en direction de la porte du voisin, maudissant le sable qui faisait crisser ses pas. La ruelle n'avait pas de lampadaire, et seule la lune éclairait son approche criminelle. Il tâtonnait chaque fois jusqu'à la porte de fer, prenait la poignée dans sa main, essayait de l'enclencher délicatement… en vain. « Évidemment, ajouta ici mon père (il était entré dans la cuisine, pensant que le déjeuner était prêt), Juan-Jo ne devait pas être d'accord pour qu'on lui vole sa plante. Mais comme si on allait vraiment la lui voler ! Tu sais qu'on n'est pas comme ça. On ne voulait qu'une bouture ! »

Toujours assise à mes côtés, et très sérieuse, l'agente du FBI acquiesçait.

Chaque nuit, mon père essaya donc d'ouvrir la porte du voisin… C'était horrible pour mes parents de se tenir si proches de ce qu'ils désiraient, et de ne sentir qu'une maigre mais féroce cloison entre leur présent et leur avenir, entre leur vie et le bonheur ! L'idée qu'ils puissent revenir en France sans cette plante leur était intolérable. Vraiment : ils en auraient pleuré.

Mais les jours défilaient ; la fin du séjour approchait. La veille de leur départ, ma mère n'y tint plus, et décida de tenter le tout pour le tout. Elle s'installa sur la terrasse qui longeait leur bungalow, feignant tout l'après-midi de lire sur sa chaise longue. Dès qu'elle vit Juan-Jo rentrer de la plage, vers 18 heures, au moment où il allait refermer à clé cette porte détestable, elle lâcha son livre et se leva pour interpeller le voisin à travers le grillage. Elle lui dit des choses vraies et banales, qu'elle était triste de bientôt partir, que tout avait hélas une fin, qu'elle aimait beaucoup l'Espagne, qu'il pleuvait sûrement en France. Elle souriait trop. Elle ajouta qu'il fallait absolument rester en contact, vanta pour cela Internet, les réseaux sociaux, proposa d'échanger leur adresse électronique. Torse nu, le short trempé, dégoulinant, Juan-Jo acquiesçait en sautant sur place et en grelottant. Un peu surpris par cet accès de fièvre amicale, il répondait qu'il était triste également, parce qu'il ne lui restait plus que trois semaines avant de retourner dans son salon de coiffure. Ma mère se mordit la lèvre devant l'évidente provocation. Elle continua à parler de tout et de rien. Cela dura de longues minutes ; puis le voisin rentra chez lui en s'excusant d'écourter cette chouette discussion. « Je comprends, l'assura ma mère, j'ai moi-même toutes les valises à faire. » Elle salua le voisin dans un état de stress et de joie indescriptible, car ce qu'elle avait voulu avait enfin eu lieu. Juan-Jo venait de rentrer chez lui sans avoir vérifié la porte de son jardin, et sans l'avoir fermée à clé…

J'étais fasciné par l'ingéniosité de ma mère. Un peu inquiet aussi : jamais je ne l'aurais crue aussi calculatrice. J'essayai de progresser dans son très long récit : « Et c'est ainsi que vous avez récupéré cette plante magique ? – Exactement ! Ton père est ressorti vers 2 heures du matin. Il est allé voir la porte tout doucement, sans faire de bruit. Comme je l'avais compris, Juan-Jo avait oublié de la fermer ! Alors on en a profité. Ton père est rentré dans le jardin (je le voyais à travers le grillage, je tremblais de peur), il s'est approché de la plante, et avec de petits ciseaux que je lui avais donnés, il a réussi à couper une belle tige. Mais très proprement. Et voilà, nous avons pu nous coucher, et partir le lendemain pour Orléans ! » Je regardai ma mère en surjouant mon indignation. Que faire devant son sourire immense ? Elle était certaine d'avoir œuvré pour toute sa famille ; elle en était heureuse et fière. Mon père ajouta : « À mon avis, Juan-Jo ne s'est jamais rendu compte de ce qu'on avait fait ! » Lui aussi souriait, sans doute encore épaté par leur audace à tous deux. De l'autre côté de la cuisine, le four se mit à biper. Ma mère se leva de sa chaise, et me murmura : « Reste à côté de ma plante pendant le repas, tu vas voir : ça va faire du bien à ton portemonnaie. »

Comment voler si l'autre donne ?

Au gré de mes visites, je m'aperçus combien mes parents chérissaient cette plante à la fois banale et singulière. Ils l'arrosaient avec dévouement, conversaient avec elle, et veillaient à ce qu'elle jouisse chaque jour d'une lumière suffisante. Ils caressaient souvent ses feuilles arrondies, charnues et légèrement dentelées, convaincus qu'elle leur apporterait la fortune. En vérité, il me semblait que leur existence allait s'améliorant. Je me souviens qu'ils partirent cette année-là quelques jours en Grèce, avec des amis ; qu'ils achetèrent un nouveau canapé, pour le salon ; qu'ils m'invitaient plus souvent que de coutume au restaurant. C'est aussi à cette période que ma sœur obtint un prêt pour sa nouvelle voiture… Était-ce vraiment *la planta del dinero* qui leur portait chance, ou leurs efforts et leur détermination étaient-ils enfin récompensés ? Peut-être que le simple fait de croire en cette plante leur avait insufflé une énergie nouvelle, leur permettant de surmonter les obstacles et de saisir les opportunités… (J'ajoute, pour être plus rationnel : on était en 2007, et la loi en faveur du travail, de l'emploi et du pouvoir d'achat, dite « loi TEPA », permettait pour tous les salariés une exonération fiscale des heures supplémentaires…) Qu'importe : cette petite plante verte[1] se changea vite en totem pour notre famille. Nous la cajolions, la protégions et, chaque fois que

1. J'appris plus tard son nom savant – car la science répertorie même les plantes magiques. Allez voir votre fleuriste : il s'agit

nous avions besoin d'un coup de pouce, nous nous tournions vers elle, comme si elle détenait le secret de la réussite et les fils de notre destin. Nous ne la prêtions à personne ; nous ne pouvions l'offrir ou la donner ; mais les plus proches amis de mes parents, les cousins, les frères, les sœurs avaient le droit de venir dîner à la maison, et de s'approcher d'elle, sans un souffle et l'espace d'un instant. Ses pouvoirs, réels ou imaginaires, offraient des conversations interminables dans nos réunions de famille. Chacun y allait de son anecdote. Pour ma part, je crois que c'est durant ce printemps-là que j'obtins le renouvellement de ma bourse d'écriture auprès du Centre national du livre (fait rarissime, on me le fit bien comprendre)… Je le redis : même si je n'étais absolument pas convaincu des vertus de *la planta del dinero*, j'appréciais ces instants partagés, où l'on riait, s'émerveillait et spéculait sur des mystères qui enfin se révélaient à nous. Peu importe dès lors si cette plante affreuse (oui : je continue de refuser la possibilité de sa beauté) était réellement dotée de pouvoirs surnaturels. Ce qui comptait et compte encore, c'est l'espoir, l'optimisme et les liens qu'elle avait renforcés au sein de notre famille.

Cette lune de miel avec la vie dura six ou sept mois. Puis tout s'effondra, parce que six ou sept mois auparavant, justement, par-dessus une clôture et à cause d'une porte, ma mère avait donné son adresse électronique à Juan-Jo.

---

de *Plectranthus verticillatus*. Si c'est imprononçable, préférez le terme : « lierre suédois ».

C'était vers la fin du mois de mai 2008. J'étais en week-end chez mes parents, pour fêter mon anniversaire, et je rêvassais dans le jardin quand ma mère nous appela d'une voix outrée. Elle avait reçu un e-mail étrange de leur voisin estival – un e-mail tout d'abord banal, où Juan-Jo prenait des nouvelles, évoquant le bon temps passé l'été dernier. Mais, au détour d'une phrase, voici qu'il demandait avec innocence : « Comment va la petite sœur de ma plante ? J'espère que vous prenez soin d'elle. » Devant l'écran de l'ordinateur, mes parents restaient stupéfaits. Comment savait-il ? Au fur et à mesure qu'ils avançaient dans la lecture de l'e-mail, je les voyais se décomposer. Ils pensaient avoir été si discrets cette nuit-là ! Hélas, Juan-Jo expliquait (sans rancune, et même jovialement) que cette dernière nuit à Gandia, il avait très intentionnellement laissé ouverte la porte de son jardin, ayant compris combien mes parents convoitaient sa plante, certain qu'ils en prendraient une bouture s'il les y aidait, et ravi de leur faire si facilement plaisir. Quelle révélation ! Quel scandale ! « Je n'arrive pas à croire que Juan-Jo ait osé faire cela, s'exclama ma mère après un long silence. – Ce type a tout gâché, ajouta mon père. À cause de lui, notre plante n'a jamais eu de pouvoir. » Les deux se regardaient, impuissants, ridicules, amoindris. « Comment voler si l'autre donne ? » conclut ma mère d'une voix pleine de larmes.

Cet e-mail bouleversa mes parents et leurs projets d'enrichissement. Passés de la stupeur à la colère, presque à la rage, ils n'eurent pas besoin d'une longue discussion pour se mettre d'accord, et puisque Juan-Jo leur avait volé leur vol, ils décidèrent de se débarrasser de cette plante qu'ils avaient chérie, arrosée, dépoussiérée, mais qui chaque jour leur aurait rappelé leur naïveté première. *La planta del dinero* finit le soir même dans les ordures.

IV

Je vais vous raconter des histoires

Mon héritage

Dans les labyrinthes de notre mémoire familiale se tissent et s'entremêlent bien d'autres histoires, toutes plus étonnantes les unes que les autres. Faites de graves superstitions et de destins ratés, elles s'étendent à une vaste constellation de proches lointains – cousins évanescents, tantes par alliance, oncles aux désirs érémitiques. Tous du côté de mon père… Voici quelques chapitres qui les concernent ; quelques récits éparpillés dans nos vies comme des étoiles filantes, qui se déroulèrent sous le ciel de Carthagène, de Málaga, de Calcata. De Besançon aussi. D'Anvers. Je n'étais pas toujours présent quand ces événements eurent lieu : je ne peux témoigner de rien sauf de leur folie.

Ne touchez pas Gérard ! (1)

Herminia, la sœur aînée de mon père, était née huit ans avant lui – et ces huit années avaient séparé leurs enfances comme deux planètes. Elle avait eu le privilège de vivre son adolescence quand mon grand-père menait sa flamboyante existence de contrebandier, et que les matelas étaient encore très épais. Lorsque Francisco mourut, en 1960, Herminia avait vingt-deux ans. Les deux planètes explosèrent. Un an plus tard, la jeune femme quitta le Maroc pour l'Espagne. Elle trouva du travail dans la cantine d'un lycée de Carthagène. Sur une photo jaunie, datée de 1965, elle arbore une silhouette épanouie, presque ronde, moulée dans une robe d'été à fleurs. Son visage respire la quiétude, avec son nez aquilin – marque de fabrique des Nunez – planté entre deux joues pleines et lisses. Ses yeux noirs fixent l'objectif sans ciller, comme un défi tranquille au destin. Elle se maria en 1967. La première année de cette union avait des airs de rêve éveillé : Pépé était plombier de dix à douze heures par jour, et fou amoureux le reste du temps. Le jeune couple vivait dans un petit appartement, *calle Colón*, avec balcon et vue sur mer. Vraiment, il ne leur manquait que d'avoir un enfant.

De ce mariage qu'on m'a toujours présenté comme unique et parfait, une fillette naquit, en février 1969. Elle s'appelait Mariette. On m'a dit qu'elle était minuscule et rose et belle. Herminia, avec une tendresse mêlée de crainte, veillait chaque nuit son souffle et son sommeil, hésitant elle-même à bouger, à respirer. Toutes les trois heures, elle prenait son bébé dans les bras, avec une extrême douceur, pour l'allaiter. Son cœur s'accordait alors au rythme des aspirations timides de la fillette. Tout allait bien. Tout était pour le mieux. C'est là que tout le monde aurait dû se méfier. Presque quarante ans plus tard, les yeux encore embués, Herminia confiait à mes parents : « C'était mon premier enfant ! Je ne savais pas ce qu'il fallait faire, et puis tout me contrariait. La moindre chose m'irritait ! J'ai donné le sein à Mariette pendant deux mois, trois mois peut-être, croyant bien faire. Mais un soir, ma belle-mère, la mère de Pépé, m'a fait une réflexion plus désagréable encore que d'ordinaire, et cela m'a brisée. Cette vieille folle me détestait. C'est fou : je ne sais plus ce qu'elle m'a dit, je ne sais même plus si c'était vraiment horrible ou si je dramatise ! Cela m'a anéantie. Mon lait tout d'un coup n'était plus bon, il ne nourrissait plus. Je ne l'ai pas remarqué tout de suite, et mon amour, ma petite Mariette, au lieu de rester si belle, avec ses bonnes joues roses et ses yeux qui furetaient partout, elle s'est mise à pleurer, à maigrir. Son corps s'est mis à diminuer, comme un ballon qui se dégonfle à la fin d'une fête. Pépé et moi, on a compris trop tard que quelque chose n'allait pas. Le docteur Beyer est venu. C'était le docteur de la famille de Pépé depuis vingt ans, il était drôle, bon, très sage. Il ne m'a pas grondée. Il m'a dit : "Herminia, ce que vous faites ne fonctionne plus. Il faut cesser de lui donner le sein à cette petite, ce n'est plus nourrissant. C'est même devenu mauvais pour elle. Très mauvais…" Ce qu'il n'osait pas ajouter, et que de toute façon je n'aurais pas pu entendre, c'est que je l'avais empoisonnée, mon ange, mon trésor, avec ce liquide horrible qui sortait de mes seins et qui semblait de l'eau ! J'en avais beaucoup, mais ce n'était que de l'eau ! C'était pire que de l'eau ! »

Malgré les conseils avisés du docteur Beyer, malgré la richesse nutritive du lait en poudre, malgré l'amour immense que Pépé et Herminia lui portaient, Mariette mourut dix jours plus tard. Aidé de mon oncle Paco, Pépé la déposa dans un trou à peine plus grand qu'elle, à l'entrée du cimetière principal de Carthagène, sous deux minuscules cyprès. « On n'avait même pas fini de repeindre sa chambre », répétait le pauvre homme abasourdi par tant d'absurdité.

Herminia ne put assister à l'enterrement de sa propre fille : elle pleurait trop, anéantie et vide. Griffant son visage et sa gorge, elle répétait que tout était sa faute. Sa fille était morte à cause de sa susceptibilité, de son mauvais lait, du mauvais œil qu'elle n'avait pas su repousser. « Elle était trop belle, Mariette ! Un bonbon ! Et moi, je faisais la fière, je la montrais à tout le monde ! » Le docteur Beyer, qui passait la voir tous les jours, ne la contredisait pas quand elle murmurait qu'elle aurait dû cacher sa fille loin des yeux des gens, la dissimuler hors de leur regard plein d'envie, hors de leurs bouches qui roucoulaient trop devant ses petites mains si blanches… Que pouvait répondre ce sage docteur à cette jeune femme effondrée ?

Herminia pleura beaucoup. Pépé la prenait beaucoup dans ses bras. Les gens disaient que c'était malheureux. Puis le désir et l'espoir et la folie étant ce qu'ils sont chez les êtres humains, la jeune femme retomba enceinte. Mais soit qu'elle refusât inconsciemment de reconnaître cette grossesse, soit que toute réalité à présent lui échappât, Herminia vécut dans la plus complète ignorance ses neuf mois de gestation. Quand elle fut prise d'un mal de ventre terrible, fin 1971, elle comprit enfin ce qui se tramait dans ce corps qui se cabrait et convulsait. Quelques minutes plus tard, elle accoucha sur le grand tapis du salon de deux adorables garçons, des jumeaux qui hélas, sans un bruit, sans même pleurer, naquirent et moururent, ou moururent et naquirent, tant la vie et la mort désormais s'entrelaçaient.

Herminia éclatait parfois d'un rire sauvage dans les ruelles de Carthagène, toute seule, c'est-à-dire entourée d'ombres. Il y avait de quoi devenir sauvage ou folle : son corps produisait des morts minuscules, adorables, chétifs, si mignons qu'on avait envie de les serrer contre soi, de les bercer, de les réchauffer. Mais ces doux gestes demeuraient ridicules et vains – alors oui : Herminia riait à gorge déployée. Un rire tragique, qui sonnait vrai et faux à la fois. En entendant ce rire, le docteur Beyer demanda qu'on surveillât ma tante : il craignait beaucoup pour sa vie.

Quand Herminia tomba enceinte pour la troisième fois, en 1973, tout le monde se mit à trembler. On réunit dans l'urgence un conseil de famille, où l'on servit de grandes tasses de café, noir comme la nuit, fort comme la mort, amer comme le chagrin. Puis Pépé prit la parole. « Herminia, je porte encore en moi le souvenir des trois enfants que tu m'as donnés, et la douleur que la vie les ait repris. Nous tous, ici, étions prêts à les aimer, à les chérir, à leur donner tout ce qu'ils voulaient. Ils étaient si petits ! Si beaux ! Ils étaient ce que doivent être des nourrissons qui ne devraient pas mourir. Ils sont morts pourtant. Ne pleure pas, Herminia. Ne pleure plus. Le mauvais œil planait bien bas sur notre famille, car ces beaux enfants qui ont si peu vécu, quel mal avaient-ils fait ? Le mauvais œil, l'envie sinistre, l'infâme jalousie, tout cela détruit plus sûrement qu'une balle ou qu'une bombe. Notre jeune famille semblait si heureuse : quels dieux supporteraient cela ? » Les amis, les voisins, tous hochaient la tête en reniflant, formant autour de Herminia une ronde dans laquelle elle se sentait un peu en sécurité. Elle réussit à parler. « Pépé, je t'aime et tu as mille fois raison. Mais voilà que je suis de nouveau enceinte, et si heureuse de l'être. Si terrifiée également. Comment donner vraiment la vie à cet enfant ? Comment le protéger de ce que je ne vois pas et qui vient chaque fois s'abattre sur nous ? » Un grand silence se fit dans l'appartement. La belle-mère de Herminia se leva du fauteuil où Pépé l'avait installée, et déclara en se tordant les mains : « Aux grands maux, nos modestes moyens. Tu es à quatre mois de grossesse : tu resteras chez toi jusqu'après la naissance de cet enfant, loin des regards curieux et envieux. Loin de nous, si tu le veux. Loin de moi, s'il le faut, et s'il est vrai que le lait qui sortait de ton sein fut caillé par ma voix… Personne ne pourra t'atteindre, t'envier, te salir. Personne ne pourra corrompre le beau fruit qui grossit dans tes entrailles, je t'en fais le serment ; et c'est ainsi que cet enfant vivra. »

Ne touchez pas Gérard ! (2)

Herminia passa chaque jour et chaque nuit de sa troisième grossesse entre les quatre murs du petit appartement de Carthagène. On l'installa dans le salon qui semblait la pièce la plus accueillante – comme si cela existait dans un monde où les bébés mouraient. On entreprit surtout de tout faire pour que les dieux ne se fâchent plus. Pépé partait travailler très tôt le matin, qu'il eût ou non des choses à faire. Sa mère et sa sœur s'occupaient des courses. La voisine passait chaque midi lire le courrier devant Herminia – sans jamais le lui donner. Bien sûr, en cinq mois, on lui rendit visite, mais rarement. Et quand on y allait : on parlait peu. Chacun craignait qu'un mot, un geste ne perturbe l'équilibre. Les pas restaient feutrés, les rires étouffés, comme si la simple audace de vivre pouvait attirer le malheur. Même affirmer que tout allait bien risquait d'attirer le mauvais sort ! Dès lors, les quelques visiteurs qui osaient franchir la porte de ce sanctuaire se contentaient la plupart du temps de hocher la tête et de sourire à Herminia. Herminia hochait alors également la tête et leur souriait à son tour, pour les remercier de tant de discrète sollicitude.

Les journées semblaient ne jamais finir. Le temps semblait ne plus s'écouler. Pourtant, cinq mois passèrent, sans bruit et sans drame, et c'est ainsi que le quatrième enfant de Pépé et Herminia naquit. La légende veut que même la sage-femme, pourtant rompue aux miracles de la vie, fût saisie d'émerveillement : le nourrisson, dans sa fragilité et sa petitesse, rayonnait de beauté. Sa mère tremblait rien qu'à prononcer son prénom : Gérard…

À l'hôpital, chacun aurait voulu le caresser, le prendre dans les bras – le dévorer d'amour. Mais c'était trop dangereux. Le mauvais œil devait forcément planer au-dessus de ce bel enfant aux yeux si noirs et à la peau si blanche.

On décida de persévérer dans le silence et l'éloignement. On l'admira par conséquent comme un retable – derrière une vitre. On ne le touchait pas. On ne le prenait pas dans les bras, on ne l'embrassait pas. On ne jouait pas avec lui, on ne lui souriait pas. On ne lui disait pas combien il était beau. Pour prouver combien on l'aimait, on faisait comme si on ne l'aimait pas…

Tant de froideur ne semblait pas nuire au nourrisson, qui dormait bien, avalait ses biberons, prenait du poids. Parfois, bien sûr, l'enfant pleurait – sans que nul jamais s'approche de lui pour le consoler. Parfois, pire, Gérard riait et, dans ces instants terribles et merveilleux, le cœur de Herminia se serrait plus encore que ses poings : la pauvre femme redoutait toujours qu'un si petit rire d'ange ne fût un grand appel au malheur.

Au-dessus du berceau, Pépé avait bricolé une petite amulette (un éléphant tressé de fils rouges et noirs) qui pendait jusque sous les yeux du bébé. Mais mille éléphants suspendus n'y auraient rien changé : plus les mois passaient, plus l'enfant gazouillait, rampait, jouait, et plus chacun tremblait pour lui. Hélas, on ne pouvait que dissimuler, et tout le monde retenait chaque jour davantage sa tendresse et ses cajoleries. Lui acheter quelques peluches ? Même ce geste était fait avec une discrétion coupable : il trahissait le secret amour que tous lui vouaient, et l'on espérait que les dieux mauvais fermaient alors les yeux. Arriva son premier anniversaire : on offrit à Gérard d'adorables bermudas, des grenouillères brodées, de petites djellabas en rayonne, des barboteuses en jersey. Herminia, dans un geste d'effroi, lava ces beaux habits jusqu'à ce qu'ils perdent toute trace de nouveauté, les dépouillant de leur éclat pour les rendre moins désirables. Personne n'y trouva rien à redire, et l'enfant n'eut plus que des vêtements rêches et décolorés.

Dans le silence de la nuit, Herminia laissait parfois ses doigts glisser sur le front de son enfant. Pépé, lui, n'osait pas. Il continuait d'observer Gérard à distance. Son visage trahissait toujours une frayeur, chaque battement de son cœur résonnait d'un amour étouffé. Il se demandait si tant de défiance n'était pas une nouvelle malédiction… Vivre en se retenant de vivre : c'était en tout cas un sacrifice gigantesque, colossal, inhumain. Si inhumain que seuls des parents fous d'amour s'y risquaient.

Quatre années passèrent. Le pauvre Gérard n'eut ainsi presque pas d'enfance – si l'enfance c'est taper dans un ballon, manger une glace, tricher aux cartes, être grondé par son père, se réfugier près de sa mère. Du balcon où ses parents le laissaient jouer après les repas, lui regardait plutôt passer avec étonnement les voitures, les gens, les autres enfants ; puis il retournait gentiment dans sa chambre, sans même qu'on lui tienne la main. « Le désir de bien faire ne suffit pas, murmura un jour Pépé. Regarde le petit : à cause de nous, il vit hors du monde. J'ai peur qu'il ne devienne fou. » Désemparés, les deux époux sentaient qu'il fallait changer les choses, vaincre leur amour au nom de l'amour, et davantage se fier au sort. « Peut-être qu'il est temps d'espérer », souffla Herminia. Pépé hocha la tête.

Le cinquième anniversaire de Gérard marqua un tournant dans leur vie et dans celle de leur fils. Pépé et Herminia prirent le plus grand risque de leur existence : ils organisèrent une fête, ouverte à tous, rompant ainsi avec tant d'années de retenue. Des habits neufs, des jouets aux couleurs criardes, des bonbons acidulés, des déguisements, des confettis et des rires partout : on gâta le petit homme. Le rien devint tout. La plupart des amis et des proches étaient là, il y avait bien une cinquantaine de personnes tout autour de lui, dans ce petit appartement de la *calle Colón*, qui chantaient, dansaient, applaudissaient. On le prit sur les épaules, on le fit danser également, on mit la main dans ses cheveux, on lui caressa le visage, on le cajola : c'était horrible et merveilleux.

On me l'a raconté cent fois : au moment d'apporter le gâteau d'anniversaire, Herminia s'approcha doucement de son fils. Sur son front craintif, elle donna ce baiser qui lui brûlait les lèvres depuis si longtemps. L'avait-elle jamais embrassé, même au plus noir de la nuit ? Non, ce devait être la toute première fois…

L'enfant prit peur ; ce corps maternel si près de lui, avide de lui, le mit en panique. Il se mit à pleurer. Longuement ? Tout le reste de la journée. Et toute la nuit. Le garçonnet ne comprenait rien à ce qui se passait. La vie n'était donc pas une salle d'attente ? Cet excès d'affection, ce déferlement soudain d'attention et de présence le laissèrent perplexe, effrayé, médusé. Que faisaient ces gens ? Pourquoi le touchaient-ils ? Pourquoi approchaient-ils tant leurs visages, leurs mains ? Pourquoi tant de bouches d'où sortait son prénom ? Pourquoi tant d'agitation, tant de cris ? Pourquoi ne le laissaient-ils pas tranquille ?

Il pleura pendant une semaine, sans que personne puisse l'arrêter.

La semaine et les années passèrent. On eut beau lui parler, l'entourer, l'embrasser, mon cousin Gérard garda toujours une certaine distance avec les autres corps et les autres vies. Il n'eut pas beaucoup d'amis. On ne lui connut aucune conquête. Ses professeurs ne lui reprochaient jamais rien, mais c'est à peine s'ils connaissaient son nom, s'ils reconnaissaient son visage, le timbre de sa voix. Moi-même, je ne l'ai vu que sept ou huit fois… Lorsqu'il eut dix-huit ans, sans diplôme, sans argent, il partit découvrir l'Amérique. Il y devint coupeur de feu. Voilà tout ce que je sais de lui. Quelle ironie ! C'est lui à présent qui touche les gens (on le paie même pour cela), afin qu'ils n'aient plus mal. On dit qu'il a un vrai don, qu'il est même passé à la télévision américaine… Tant mieux. Tant mieux pour lui. Pour toute ma famille, Gérard demeure ce mystère, cette expérience, cet enfant qu'on avait appris à aimer de loin, pour son bien, et dont le destin s'est écrit dans les silences et les non-dits, dans des gestes retenus et des regards dissimulés.

« Peut-être que nous avons été des monstres », dit un jour Herminia à mes parents, juste devant moi. Bien sûr, ils lui ont répondu que c'était faux, ou tout du moins qu'elle exagérait.

3615 Maruja (1)

Longtemps je n'ai connu de ma tante Maruja que sa voix – d'une tonalité grave et solennelle, ponctuée par quelques éclats autoritaires et agaçants. Maruja ne vivait pas à Orléans mais dans la banlieue de Besançon, et si nous profitions peu de sa présence, nous discutions très souvent avec elle. C'était même le rituel du mardi soir, notre grand rendez-vous familial. Comme les téléphones étaient encore solidement reliés à des prises murales, ce rituel du mardi se déroulait dans le couloir de notre maison où trônait assez incompréhensiblement, comme un monolithe tombé du ciel, mais tout de merisier massif, ce qu'on appelait *le meuble du téléphone*.

« Il est l'heure d'appeler Maruja ! » Après s'être assis sur un tabouret, mon père saisissait le combiné et composait le numéro qu'il marmonnait comme une prière. C'était sa part du rituel, qu'il n'aurait cédée à personne : Maruja étant la femme de son frère Salvador, il s'était proclamé le grand maître de cette cérémonie.

Une fois le haut-parleur activé, nous formions une pieuse assemblée tout autour de lui. Après quelques phrases habituelles sur la météo, sur les résultats scolaires des enfants, et sur l'état de santé des aînés, la consultation pouvait commencer.

C'était bien une consultation : nous appelions pour raconter nos rêves, et ma tante les interprétait avec plus ou moins de finesse. « J'ai rêvé que je ratais mon train, s'inquiétait ma mère, et qu'à la place on m'offrait un billet d'avion… – Fais très attention ! s'exclamait Maruja. Le train représente ta vie quotidienne – ton train-train quotidien. Tu as donc peur, comme tout le monde, de rater ta vie. Quant au billet d'avion… L'avion, souvent, est signe de renouveau. Hélas, tu n'achètes pas ce billet : on te l'offre. Cadeau empoisonné, Antoinette ! On va te proposer un beau poste, mais il faudra que tu refuses. » Terrifiée, ma mère promettait de rejeter cette offre qu'on ne lui avait pas encore faite, tandis que mon père s'impatientait : « À mon tour, Maruja ! J'ai rêvé hier que je trichais au poker, et personne autour de moi ne s'en apercevait… » Ma tante répondait du tac au tac, en lien direct avec le plus puissant des dieux des songes : « Le poker représente à l'évidence les cartes que tu as en main : tes qualités, tes aptitudes. Mais tu triches : tu manques de confiance. Mais personne ne le remarque : tu manques en fait de confiance envers les autres, qui ont l'air de ne rien savoir de toi… Est-ce que tu t'es disputé avec un collègue récemment ? Un supérieur ? Ton banquier ? En tout cas, il vaudrait mieux que tu ne croises personne d'important cette semaine… » Je revois mon père se gratter la tête, l'air peu assuré… Qui devait-il éviter absolument ?

Les adultes s'approchaient ainsi à tour de rôle du combiné, pour se réchauffer au feu de leur pythie bisontine. Je ne saisissais pas toujours le sens de leurs échanges (le saisissaient-ils eux-mêmes ?), et j'aurais aimé parfois évoquer auprès de Maruja mes propres rêves, mais ce simple souhait leur paraissait à tous un grand blasphème : « Les enfants sont de mauvais rêveurs, me grondait ma mère ; leurs songes ne s'éloignent pas de leur réalité ! Toi, tu dois rêver de bonbons, de jouets, de gâteaux, simplement parce que tu en convoites quand tu es éveillé ! Il n'y a rien à interpréter quand tout est limpide ! »

Maruja avait découvert son « très merveilleux don » (c'est ainsi qu'elle exigeait qu'on le surnomme) durant son enfance à Tanger. Mars 1961 : alors qu'elle était jeune fille, elle avait rêvé d'une petite pierre qui se détachait d'une immense falaise et, le soir même, on avait appris le décès du roi Mohammed V. C.Q.F.D… Prudemment, au Maroc puis à Madrid, puis près de Besançon, elle avait appris à canaliser son pouvoir, à mieux interpréter les images oniriques que lui confiaient les uns et les autres, à démêler les significations les plus secrètes, les plus utiles. Au fil des ans, son cercle d'admirateurs ne cessa de s'élargir. Tout le monde venait la voir dans sa petite maison du Doubs. Tout le monde l'appelait, puisqu'elle apprivoisait les plus grandes énigmes nocturnes. « Tu dînais sur une table bancale ? Zut : tu n'auras donc pas la prime que tu espérais. » « Tu te regardais longuement dans un miroir ? Et il était rond ? Alors, ça y est, ta fille a un petit copain. Mais rassure-toi : ils n'ont encore rien fait. » J'étais moi-même épaté par ses pouvoirs, intimidé par son assurance, et les rares fois où je fus devant elle, je n'osai pas croiser son regard. Voilà pourquoi il m'est impossible de décrire ici son visage, sa chevelure, ses yeux, sa bouche : lecteur, je te parle d'une femme qui joua un rôle décisif dans mon enfance, mais que je n'ai jamais réussi à regarder en face.

Dans la frénésie du début des années 1990, et parce qu'une nuit elle avait rêvé d'un palmier qu'un gros chien essayait de mordre (« Bon, très bon signe pour moi ! »), ma tante décida de lancer un service Minitel assez avant-gardiste, le « 3615 MARUJA », dédié comme on s'en doute à l'interprétation des rêves... Je me souviens très bien du jour où elle nous dévoila son grand projet, c'était un vendredi soir de mars ou d'avril, et le prunier du jardin crachait partout ses fleurs. Maruja avait fait le trajet jusqu'à Orléans pour nous révéler son rêve, et pour nous expliquer ce qui allait bientôt changer sa vie. « Ce don très ancien et somme toute très rare, j'ai compris qu'il fallait que j'en fasse profiter le plus de monde possible. C'est tout le sens de mon rêve : ce superbe palmier attaqué par un horrible chien... Et comme il faut bien vivre avec son temps, je vais me servir des nouvelles technologies pour aider les autres – et pour gagner aussi un peu d'argent. »

Ma mère, fascinée par ce qu'elle venait d'entendre (« Comment peut-il venir à l'idée d'un chien d'attaquer un palmier ? »), applaudissait déjà, demandant à mon père d'ouvrir une bouteille de champagne. Imperturbable, Maruja continuait son raisonnement passionné et technique, agrémenté de gestes théâtraux : « Ce sera exactement comme lorsque vous m'appelez au téléphone ! Les gens se connecteront sur mon site, me confieront leurs rêves, leurs cauchemars, et moi, seule au début, mais ensuite épaulée par une équipe d'experts en… psychologie onirique, c'est ça, je les aiderai du mieux possible. Je leur redonnerai confiance ! Je révélerai la signification des images que leurs nuits ont produites ! » Ainsi fut-il. Ma tante lança le 3615 MARUJA quelques semaines plus tard, et même à 2,33 francs la minute, les clients ne tardèrent pas à affluer. En quelques mois, le 3615 MARUJA devint un phénomène en France, et un sujet de conversation obligé pour notre famille – une véritable *success story*, comme on disait alors. Je n'aurais dû qu'admirer l'ingéniosité et la persévérance de ma tante. Mais je n'étais plus un enfant ; et l'adolescent en moi voulait aussi se moquer.

3615 Maruja (2)

Par quelle sorcellerie Maruja percevait-elle ces instants du mardi où, agacé par ses explications téléphonées, je me moquais d'elle en silence ? Peut-être était-ce la manière dont mes sourcils se soulevaient, ou ce demi-sourire que j'avais bien malgré moi, qui trahissait mon amusement… (Est-ce que ces mimiques s'entendaient au téléphone ? Tout était possible avec ma tante.) Quoi qu'il en soit, elle se vengea en me donnant une leçon que je n'ai pas oubliée. C'était en 1993, je venais d'avoir quinze ans et le brevet des collèges se dressait devant moi. Une nuit, tourmenté par mes révisions, je me vis en rêve traversant un passage pour piétons mal éclairé. Curieusement, toutes les voitures immobilisées à mon approche refusaient de reprendre leur course une fois que j'étais passé… Qu'est-ce que cela pouvait signifier ? Emporté par un désir de partage – ou dans l'espoir d'une exégèse apaisante ? –, je décidai un mardi soir de confier ce rêve à Maruja. Je n'étais plus un enfant : on me laissait désormais le combiné, à la fin de la séance, pour parler à ma tante. Maruja m'écouta attentivement, ponctuant juste de quelques raclements de gorge mon récit qui me semblait plus étrange encore tandis que je l'achevais. Après de longues secondes de silence, elle se décida à parler. « Le passage pour piétons, expliqua-t-elle avec une gravité d'oracle, est un élément fréquent dans les rêves des jeunes gens. Il représente souvent un examen scolaire. Mais attention, poursuivit-elle, ne commets pas l'erreur de croire que c'est toi qui traverses ! Non, non, ce serait beaucoup trop simple ! Dans ton rêve, tu es en réalité symbolisé par les voitures, ces pauvres voitures qui n'arrivent plus à avancer… » Et jouant de sa voix la plus grave, détachant les mots comme des gouttes d'acide qui tombaient sur ma tête, Maruja prononça pour tous son verdict :

« Cela ne peut vouloir dire qu'une chose, hélas... Ce garçon n'aura pas son brevet ! »

Le frisson d'horreur qui me parcourut a laissé une empreinte encore vive dans ma mémoire. Il me semblait que le souffle de ma tante avait traversé le combiné pour se matérialiser tout autour de moi. Je courus me réfugier dans ma chambre. Je fermai la porte à clé. J'enrageai. Je crois que je pleurai aussi. Animé par un mélange de défi et de rancœur, ou tourmenté par la crainte de l'échec, je me mis dès le lendemain à redoubler d'efforts dans mes révisions. Chaque page que je lisais, chaque leçon que j'apprenais me semblait un pas de plus vers la preuve, que je devais apporter à tous, que ma chère tante n'avait rien d'un oracle infaillible.

Au mois de juin, je passai les épreuves du brevet des collèges avec l'anxiété et la détermination qu'on imagine. Le jour des résultats arriva trois semaines plus tard. Victoire ! Je rentrai du collège en brandissant mon maigre certificat comme un immense trophée. Mes parents m'embrassèrent, me félicitèrent : je ne songeais qu'à téléphoner à ma tante. Nous n'étions pas un mardi, mais qu'importe ! Mon père accepta de composer son numéro, puis il me tendit le combiné. D'une voix qui contenait mal mon excitation, j'annonçai la bonne nouvelle à Maruja. Hélas, loin d'admettre sa méprise, ma tante s'embrasa d'une colère théâtrale ; je voyais presque ses yeux s'enflammer, ses joues s'empourprer. « Ce n'est pas possible ! hurlait-elle à l'autre bout du téléphone. Menteur ! Les voitures ne redémarraient pas ! Tu l'as dit toi-même !

Elles ne redémarraient pas ! Si tu as obtenu ton brevet… c'est donc que tu as triché ! » Le combiné glissa de mes mains. Je scrutai les visages autour de moi, cherchant du soutien dans le regard de mes parents. Leur expression, oscillant entre incrédulité et amusement (« Tu vois bien qu'elle te taquine », me disait ma mère), ne m'offrait aucun refuge. Mon premier diplôme fut ainsi souillé d'une tache indélébile.

3615 Maruja (3)

Poussé par une soif de revanche, et tant pour réhabiliter mon honneur que pour éprouver la crédulité de ma tante, je ne tardai pas à concevoir un plan machiavélique. J'y songeais pendant des semaines, des mois ; mais je dus attendre la veille de Noël pour accomplir ma vengeance – car ce fut dans le calme trompeur d'un tel matin que l'occasion parfaite se présenta. Salvador et Maruja étaient venus passer quelques jours à Orléans, et, tandis que nous prenions notre petit déjeuner, ma tante, toujours très attentive à la qualité de nos nuits, me posa la seule question qu'elle pouvait poser, et la seule à laquelle je consentais à répondre. « Est-ce que tu as bien dormi ? » Mon piège s'ouvrait donc. « Très bien, répondis-je, le cœur battant à tout rompre (et d'autant plus que je faisais tout mon possible pour le dissimuler). Il faut dire que j'ai rêvé de toi ! » Maruja s'empressa de me demander des détails : je les lui donnai avec d'autant plus de facilité que j'y avais beaucoup réfléchi, et que je les avais appris par cœur. « C'était bizarre : je me trouvais devant un tableau qui te représentait. Tu devais avoir la trentaine, ta robe était verte, en dentelle. Tu étais superbe. J'admirais la façon dont le peintre avait figuré ton sourire, quand une dent de ce portrait s'est détachée d'une manière absolument improbable, pour tomber par terre dans un petit bruit sec. Je me suis mis à genoux, je l'ai cherchée longuement. Elle est restée introuvable. » J'avais encore une fois bien révisé, grâce à un petit dictionnaire des songes : le visage de Maruja se crispa soudain, passant de l'intérêt toujours plus ou moins condescendant à une pâleur inquiétante. Le silence envahit la pièce, brisé enfin par un cri que ma tante n'adressait pas à moi, mais à mon père, à ma mère : « Le gamin a rêvé de ma mort ! Je vais bientôt mourir ! Je vais crever, et c'est lui qui me le dit ! » Elle voulut se lever, renversa son café dans un geste de panique. Ma mère, qui n'avait pas suivi notre conversation, ne savait quoi faire, quoi répondre. À l'inverse, ma sœur, qui me connaissait trop bien, et qui avait tout entendu, éclata de rire. Je ne tardai pas à l'accompagner. Lorsque Maruja perçut nos rires pas même étouffés, et qu'elle se rendit compte du piège dans lequel je venais de la faire tomber, elle s'immobilisa, les poings serrés, l'air furieux. Elle déversa contre nous quelques mots en espagnol, puis sortit dans le jardin où ses cris résonnaient encore. Ma mère, comprenant chaque terme, pâlit sous choc. J'étais moins doué en langues, mais ces injures semblaient d'une telle violence que, même sans en saisir le sens, j'en ressentis le poids.

Cette petite farce qui m'avait somme toute paru innocente (un point partout, balle au centre) marqua un tournant dans nos relations avec Maruja. Elle dont la présence était déjà si rare, si mesurée, ne revint plus jamais à Orléans. Nos conversations du mardi soir, autrefois animées, se rigidifièrent ou furent écourtées. Les envois de cadeaux, pour nos fêtes, nos anniversaires, cessèrent. On s'imagine trop souvent au centre du monde, et je crus longtemps que cet éloignement était de ma faute – le prix à payer pour ma petite revanche… La vérité, c'est que nous étions à la fin des années 1990 : Maruja, autrefois pionnière du Minitel, se retrouvait éberluée, absolument désarçonnée face à l'avènement d'Internet. Aucun rêve ne l'avait avertie : ce nouveau monde numérique, avec ses possibilités infinies, annulait l'ancien, avec ses connexions laborieuses, ses graphismes désuets, ses sonneries stridentes.

En 1999, le 3615 MARUJA fut déclaré en faillite, et ma tante perdit toutes ses économies dans le remboursement de ses créanciers.

Maruja Nunez Pacheco mourut le 23 février 2018, vingt-cinq ans après mon méchant rêve prémonitoire. Mon oncle Salvador nous informa de son décès, par téléphone, et je me souviens que tout le monde chez moi resta figé par cette nouvelle. Mon père me confia : « J'avais le pressentiment qu'un malheur allait frapper notre famille. Hier soir, très curieusement, je n'ai rêvé de rien. – Et alors ? demandai-je, intrigué par cette fausse révélation. – Rien ! reprit-il. Tu te rends compte de ce que cela signifie, rêver de rien ? Le vide ! Le néant ! Si ce n'est pas un présage très clair, très funeste… » Je hochai la tête, je pris mon père dans les bras.

Pampi et les prépuces de l'Enfant Jésus (1)

Pour des raisons qui m'échappent, il était d'usage que je passe, adolescent, tous les mois de juillet chez ma grand-mère maternelle, dans son petit appartement d'Orléans-La Source. Mais en cette année 1995, ma grand-mère avait résolu d'effectuer plutôt un pèlerinage à Lourdes. J'avais seize ans : qu'allait-il donc advenir de moi (moi qui pouvais si bien me débrouiller tout seul) ? On décida de m'envoyer quelques semaines chez un de mes oncles, qui vivait à Málaga. « Il sera très bien chez Pampi ! assurait mon père. Ce sont tous deux des rêveurs. Ils feront la grasse matinée. Ils liront à la plage l'après-midi, se promèneront le soir sur le *paseo Maritimo*… » Il semblait que je n'avais pas mon mot à dire. Qu'importe : je n'aurais rien dit. Je n'étais jamais parti en vacances sans mes parents, et l'idée de cette aventure loin d'eux m'excitait autant que je l'appréhendais.

Lorsque Pampi vint me chercher à l'aéroport de la Costa del Sol, vêtu d'un bermuda aux fleurs criardes et d'une chemise bariolée, tel un oiseau tropical égaré sur le tarmac gris, je sus que mon été serait inoubliable. Je ne l'avais vu que quelques fois, lors des fêtes de fin d'année : il fit comme si nous étions les meilleurs amis du monde. « Es-tu prêt pour vivre une très grande quête, mon garçon ? » lança-t-il en guise d'accueil, les yeux pétillant derrière ses lunettes de soleil.

Mon oncle Pampi, éternel célibataire et en fait cousin germain de mon père, avait fait de sa vie une succession de passions aussi fulgurantes que fugaces, embrassant chaque nouvelle lubie avec la ferveur du néophyte. De la collection de coquillages noirs, dénichés dans les recoins des plages andalouses, à l'élevage de papillons exotiques, fragiles joyaux virevoltant dans son salon, en passant par la création d'immenses mosaïques à partir de tickets de métro glanés aux quatre coins du monde, ses tocades se succédaient au rythme des saisons, témoignant d'une âme insaisissable. Son appartement de Málaga, où il s'était établi au début des années 1980, portait les traces de ses divers enthousiasmes. Les murs disparaissaient sous les affiches de corridas, les vieilles photographies d'églises, les peintures d'hommes et de femmes d'un autre temps, tous en vêtements d'apparat. Les étagères ployaient sous le poids de bibelots hétéroclites : des divinités aztèques côtoyaient des boussoles anciennes, des carnets de croquis débordaient entre les globes terrestres et les astrolabes en laiton. Sur son buffet, des fioles en verre teinté enfermaient des sables multicolores et des parfums exotiques – souvenirs olfactifs de plages lointaines et de pièges à touristes. On trouvait aussi d'imposants fossiles préhistoriques, qui jouxtaient des instruments de musique traditionnels, des jeux de tarot en désordre, des boîtes à secrets dont nul ne connaissait plus les mécanismes. L'atmosphère de cet appartement vibrait d'une étrange mélancolie, comme si chaque objet recelait une histoire inachevée.

Dès mon arrivée, Pampi, incapable de rester en place, me fit part de sa nouvelle lubie, assurément la plus loufoque qu'il eût jamais : il s'était mis en quête des *Saints Prépuces* – ces reliques supposées de l'Enfant Jésus. Cette annonce fut accueillie par mon silence incrédule, puis par quelques rires gênés, venant de lui, venant de moi. Mais mon oncle, avec la gravité des obsessionnels, se lança vite dans un exposé fiévreux sur l'importance de ces reliques, convoquant pêle-mêle histoire, religion et ésotérisme, citant d'obscurs passages de la Bible ou de longs extraits de traités cabalistiques qu'il connaissait donc par cœur. J'étais plongé dans un univers à la fois familier, avec ses accents mystiques, et étranger, avec son érudition baroque et son parfum d'interdit. « Ce sont bien plus que de simples morceaux de chair, m'expliquait Pampi, les yeux brillant de cette foi qui semblait le consumer. Ces reliques sont les témoignages tangibles de l'incarnation divine, les preuves que le fils de Dieu vécut parmi nous, dans un corps de chair et de sang ! Les toucher serait comme… toucher le mystère de la Passion ! Nous allons donc partir à leur recherche, toi et moi ! »

Je hochai la tête, persuadé que cela ne m'engageait à rien.

Il fallait tout de même crever un abcès. « Pampi, objectai-je timidement, craignant de froisser ses convictions, tu voudrais qu'on retrouve les prépuces de Jésus… Comment te dire ? Il y a des lois immuables en biologie… Si puissant qu'il fût, le fils de Dieu n'en avait qu'un, non ? Comment se pourrait-il qu'il en existe désormais plusieurs, éparpillés aux quatre coins de la chrétienté ? » Pampi balaya mes objections d'un revers de main, comme on chasse une mouche importune. Il s'exclama : « C'est là toute l'énigme, mon garçon ! En tant que Juif, Jésus a été circoncis dès sa naissance, c'est une évidence. Mais on n'allait pas jeter une part de lui, c'est une évidence également ! Qu'il y en ait plusieurs ne m'étonne nullement. Ces reliques reflètent la foi de nos ancêtres, leur besoin de se raccrocher à des fragments tangibles du divin. Laquelle est la bonne ? Nul ne le sait. Chacune a son histoire, chacune est une pièce minuscule du grand puzzle céleste – même si, rationnellement, elles ne peuvent être toutes authentiques ! Ça, je le sais bien, merci pour le renseignement ! Je ne suis pas complètement toc toc ! » Cette affaire anatomique réglée, je cherchai d'autres excuses. « Et où veux-tu que nous allions ? Je viens à peine de défaire ma valise. » Pampi fit la sourde oreille : « Tu as bien le temps de refaire ton sac : nous ne partons que demain. Notre première étape sera Calcata, en Italie. C'est là qu'un Saint Prépuce a été vénéré pendant des siècles, attirant des pèlerins du monde entier, avant d'être dérobé en 1983. Il faut commencer notre chasse là-bas : sur les lieux de cet horrible méfait ! »

Que pouvais-je répondre ? Pampi avait déjà pris nos billets de train, qu'il déposa sur la table comme un joueur de poker qui révèle ses meilleures cartes et qui emporte la mise.

Je m'avouai vaincu.

Pampi applaudit. « Aie un peu confiance en moi, mon garçon. Tout ira bien ! »

Tandis que nous préparions nos sacs à dos, fourrant pêle-mêle vêtements, boîtes de conserve, guides routiers et traités d'histoire religieuse, je ne pus m'empêcher de sourire en imaginant la tête de mon père quand il apprendrait la raison pour le moins saugrenue de notre expédition. « Mais après tout, me dis-je en haussant les épaules, c'est lui qui a insisté pour que je parte. »

Pampi et les prépuces de l'Enfant Jésus (2)

Notre périple commença sous le soleil du Latium, par une chaleur qui semblait vouloir me purifier de mes doutes. Après un voyage en train ponctué de correspondances hasardeuses et d'attentes infinies dans des gares délabrées, nous atteignîmes, absolument déshydratés, Calcata – un village médiéval perché sur un éperon rocheux, à une cinquantaine de kilomètres au nord de Rome. Pampi écarquilla les yeux devant ce sanctuaire à ciel ouvert, où un saint prépuce avait si longtemps trouvé refuge. Il m'avoua : « Dans le train, j'imaginais les processions de fidèles venus de toute l'Europe pour contempler ce bout de chair miraculeux. Combien de femmes malades, combien d'amants éconduits, combien de guerriers en partance pour les croisades ont marché comme nous dans ces ruelles, le cœur gonflé de suppliques et de promesses ? Des centaines ? Des milliers ? Des millions ? »

Vidant à grandes gorgées la bouteille d'eau que nous venions d'acheter, je n'eus guère le temps de répondre quoi que ce soit. « Te rends-tu compte de la chance que nous avons ? reprit Pampi encore plus galvanisé. Nous sommes sur les traces d'un Saint Prépuce qu'un ange aurait remis à Charlemagne, qui à son tour l'offrit au pape Léon III ! Nous foulons du pied les mêmes pierres que les empereurs, les papes, les anges ! Nous respirons le même air que ceux qui, il y a des siècles, ont défilé en tenant fièrement dans leurs mains le beau prépuce de Jésus ! »

La forme d'une ville change plus vite, on le sait, que le cœur d'un mortel, et le Calcata que nous visitions n'était tout de même pas le Calcata du passé. Les maisons de pierre, avec leurs façades ocre et leurs volets de bois, abritaient désormais une faune moderne d'artistes et de bourgeois, les uns en mal d'inspiration, les autres en quête de spiritualité. Le village, qui ne comptait autrefois qu'une centaine d'habitants, avait été largement rénové et embelli par ces deux communautés qui parfois n'en font qu'une, transformant les anciennes étables en ateliers ou galeries, et la plupart des fermes en maisons d'hôtes. Nulle procession de croisés : juste des peintres qui haïssaient l'art figuratif, des sculpteurs qui se savaient maladroits, des poètes tristement noctambules, des musiciens très clairement épris de silence.

Assez vite, Pampi noua des liens avec un peintre slovène à la barbe hirsute, Vladimir, qui incarnait à merveille cet archétype de l'artiste maudit. Persuadé de détenir les clés du mystère entourant le vol de la relique, il nous entraîna plusieurs soirs dans d'interminables discussions, ponctuées de verres de grappa et de théories complotistes. (J'avais seize ans, et ces deux ivresses ne me déplaisaient pas.) Où était désormais ce saint morceau de chair ? Entre les mains d'un collectionneur mystérieux ? Dans le coffre d'une obscure confrérie ? Vladimir, avec sa tête d'ivrogne mystique, nous racontait tout ce qu'il savait, qui était peu : le vol de la relique, dans la nuit du 1er au 2 février 1983, avait suscité une vive émotion dans le village, et au-delà. Hélas ! Malgré les efforts de la police et les investigations du Vatican, le Saint Prépuce n'avait jamais été retrouvé. Certains y avaient vu un signe divin, d'autres un acte de malveillance, ou encore une plaisanterie de très mauvais goût. Vladimir, lui, évoquait tour à tour la mafia, les Illuminati, les Templiers, les extraterrestres.

La visite de l'église San Cornelio e Cipriano marqua le point culminant de notre séjour. Située au cœur du village, cette petite église romane avait abrité le prépuce, jusqu'à sa mystérieuse disparition, dans un reliquaire en forme d'œuf. Vladimir nous raconta que jadis les femmes stériles venaient de toute l'Italie pour le frôler de leur main, espérant un miracle qui dénouerait leurs entrailles. Au contact de l'objet sacré, certaines avaient connu de véritables extases, leur corps secoué de spasmes divins…

Lorsque nous pénétrâmes dans la nef, un silence surnaturel y régnait. Pampi s'avança vers l'autel, son regard scrutant chaque détail – les voûtes en berceau, les colonnes massives, les fresques représentant la vie du Christ. Arrivé devant l'ancien emplacement du reliquaire, il s'agenouilla en se signant avec ferveur. Pendant de longues minutes, il demeura ainsi, murmurant des prières en un mélange de latin et d'espagnol. Les yeux mi-clos et les lèvres tremblantes, il semblait communier avec des forces qui me dépassaient. À travers les vitraux poussiéreux, les rayons du soleil projetaient des taches de couleurs sur le sol de pierre. « Ressens-tu la puissance du divin ? » me demanda mon oncle dans un souffle. « Cette vibration subtile qui nimbe l'air, cette énergie qui émane des murs, la ressens-tu toi aussi, mon cher Laurent ? »

J'acquiesçai – à l'évidence c'était ce qu'il convenait de faire.

Nous revînmes en France.

Notre étape suivante, l'abbaye de Charroux, se dressait au milieu des champs comme un vaisseau de pierre échoué. Fondée au VIIIe siècle, cette abbaye bénédictine avait abrité une collection impressionnante de reliques, parmi lesquelles un Saint Prépuce offert par Charlemagne en personne. (Encore lui ?) Durant plus de mille ans, enchâssé dans une statuette en or de la Vierge à l'Enfant, le tout petit morceau de chair avait été exposé à la vénération des fidèles lors de chaque fête de la Circoncision – le 1er janvier –, attirant des foules de pèlerins venus chercher, exactement comme à Calcata, la guérison, le courage, la fertilité.

À l'entrée de l'abbaye, un moine à la silhouette dégingandée nous accueillit avec componction, nous gratifiant sans tarder d'un exposé labyrinthique sur l'histoire de cette relique. L'objet avait disparu pendant la Révolution – mais était réapparu par miracle quelques années plus tard, « car même les tourments de l'Histoire ne pouvaient venir à bout de sa puissance sacrée ». En 1856, un incendie avait ravagé l'abbaye, détruisant une grande partie des bâtiments et des trésors qu'elle abritait. Le Saint Prépuce fut cependant épargné par les flammes, « signe de sa nature divine et incorruptible ». Ce prodige fut de peu d'utilité : en 1901, lors d'un inventaire des biens de l'Église, on constata que la merveilleuse relique s'était définitivement évanouie, ce qui plongea tout Charroux dans la consternation et le désarroi.

Quand le moine évoqua la disparition du prépuce pendant les tourments révolutionnaires, Pampi blêmit, serrant les poings comme s'il revivait ce sacrilège. Quand on mentionna sa réapparition quelques années plus tard, il applaudit avec ferveur, les yeux tout embués de larmes. Quand il fut question de l'incendie de 1856 et de la préservation extraordinaire de la relique, mon oncle leva les bras au ciel en signe de reconnaissance. Mais quand on en vint à l'inventaire de la IIIe République et à l'évanouissement définitif du Saint Prépuce, son visage finalement se décomposa.

« Est-on sûr qu'il ne se trouve plus ici ? » demanda-t-il d'une voix blanche. Le vieux moine, qui ne savait rien de nous ni des ressorts de notre quête, crut que Pampi se moquait de lui. Il répondit avec le plus de calme possible : « Tout le monde a cherché partout, mon fils. Il n'y a plus rien ici. Cette relique est perdue pour tous. »

S'ensuivit tout de même une fouille frénétique de l'abbaye. Pampi passa au crible chaque recoin, chaque interstice, dans l'espoir de débusquer la relique sous une dalle ou derrière un châssis. Après trois jours d'une recherche évidemment vaine, ponctuée de prières susurrées dans la pénombre et de conciliabules avec le moine dégingandé (qui à présent nous détestait), Pampi dut se rendre à l'évidence : le beau prépuce s'était dissous dans les brumes du passé. Loin d'être abattu par cet échec, mon oncle y voyait encore un signe du ciel, une épreuve destinée à renforcer sa foi, à le purifier des tristes scories de ce monde. Pour ma part, je commençais à entrevoir la part d'illusions inhérente à toute quête.

Le cœur lourd et léger à la fois, nous reprîmes la route en direction du nord, vers Anvers. Pampi avait jeté son dévolu sur un dernier prépuce, que le comte Thierry d'Alsace avait rapporté de Terre sainte en 1148, le déposant en gage de piété à la cathédrale Notre-Dame-de-Grâce. Selon la légende, trois gouttes de sang avaient jailli de cette chair sacrée lors d'une messe célébrée par le pape Urbain II, auréolant l'autel de leur éclat pourpre… Enchâssé dans un reliquaire en or et en argent, ce beau prépuce saignant devint l'objet d'un véritable culte, attirant des pèlerins venus de toute l'Europe, etc.

Hélas, le destin du Saint Prépuce d'Anvers s'avéra aussi funeste que celui de Charroux : il avait disparu en 1793, au plus fort de la Révolution française. Les révolutionnaires, dans leur volonté d'éradiquer les croyances de l'Ancien Régime, pillèrent la cathédrale et profanèrent les reliques, fondant les reliquaires pour en récupérer l'or. Notre prépuce fut alors jeté aux quatre vents… Pampi, lui, restait convaincu que des indices subsistaient dans la ville, attendant d'être découverts par celui qui saurait ouvrir les yeux. Nous arpentions inlassablement les ruelles mal pavées d'Anvers, à l'affût du moindre élément qui viendrait étayer nos espoirs. La chapelle du Saint-Prépuce était au cœur de nos pérégrinations. « Pendant près de six cents ans, ce sanctuaire fut le cœur battant de cette ville », répétait mon oncle, les yeux brillant d'une lueur fiévreuse. « Rois, princes et prélats venaient y faire leurs dévotions, implorant la protection divine pour leurs entreprises terrestres. C'est fou, non ? Tant de passion pour un si petit morceau de chair ! »

On fouilla partout.

On ne trouva rien.

Un soir, toujours à Anvers, et tandis que nous étions attablés dans une pizzeria, buvant un vin épais comme le sang du Christ, Pampi se perdit en conjectures sur les pouvoirs des reliques sacrées. Il voulait mon avis : que pensais-je de Catherine de Sienne, qui disait avoir contracté une alliance avec Jésus en portant son prépuce en guise d'anneau nuptial ? (Peu de choses en vérité, car je n'y avais jamais songé. Un peu de dégoût, peut-être.) Et de la relique d'un poil de la barbe de Charlemagne, qui préservait de la foudre ? (Balivernes. Coquecigrues.) Ou encore des larmes de saint Laurent, recueillies on ne sait comment dans une ampoule, et qui servaient à éloigner les traîtres et les menteurs ? (Une attaque ad hominem ?)

Ainsi, entre chaque bouchée de pizza, chaque lampée de vin, et sous prétexte de dialoguer, Pampi n'avait de cesse de rêvasser. Chaque fragment de légende ajoutait pour lui une strate supplémentaire au mystère, un nouveau voile sur l'insondable – bien qu'il fût conscient du regard rieur et condescendant que le monde moderne portait sur « ces croyances d'un autre âge ». Je me demandais ce qui se passerait s'il mettait un jour la main sur le prépuce de Jésus, sur cet obscur objet de son désir métaphysique. Je me risquai à l'interroger. « Que cherches-tu au bout du compte ? Dis-moi honnêtement : qu'espères-tu trouver à la fin de cette aventure ? Une révélation ? La vérité ? Le salut ? » Pampi resta un moment silencieux, le regard perdu dans les flammes du four à pizza qui projetaient sur son visage des ombres mouvantes. Puis, d'une voix lente, presque solennelle, il murmura : « J'ai beaucoup d'affection pour toi, Laurent, tu le sais. Mais si tu me reposes encore une fois ce genre de questions idiotes, je te renvoie illico à Orléans. »

Je ne lui posai plus ce genre de questions idiotes.

Pampi et les prépuces de l'Enfant Jésus (3)

Dès notre retour à Málaga, Pampi m'annonça qu'il avait pour moi une dernière surprise. « J'hésitais à t'en parler l'autre soir, à la pizzeria d'Anvers », me dit-il simplement, assez fier du suspense qu'il créait. Je le pressai de questions ; il resta muet.

Le lendemain, tandis que nous roulions dans la campagne andalouse, je l'interrogeai encore – car pour tout dire, j'étais inquiet. Pampi ne me dévoilait toujours rien... Après une heure de route et de silence, nous arrivâmes enfin devant un bâtiment à l'apparence banale, une sorte de hangar perdu au milieu des champs d'oliviers. « Bienvenue dans mon sanctuaire personnel ! » s'exclama mon oncle, en ouvrant la porte très bien cadenassée.

Les rayons de soleil qui filtraient par les interstices du toit créaient une atmosphère singulière. Ce n'était pas un hangar : plutôt un cabinet de curiosités. Des étagères poussiéreuses croulaient sous des dizaines de coffrets et de boîtes en tout genre. Je m'avançai lentement, prenant le temps d'observer chaque détail de cet étalage qui semblait défier la raison et le bon goût. « Voici mes trésors, accumulés au fil d'une vie de quête ! » claironna Pampi. Je n'en revenais pas. Il y avait tant de choses ! Chaque relique était accompagnée d'une étiquette calligraphiée, mêlant faits avérés et légendes pieuses. On trouvait là une dent de saint Jean-Baptiste, réputée justement pour guérir les maux de bouche ; un long cheveu de la Vierge Marie, auquel étaient attribués des pouvoirs de fertilité ; une des six amphores de vin restant des Noces de Cana (j'ignore le pouvoir qu'on lui prêtait) ; le nombril de saint Omer, emprisonné dans ce qui me semblait de l'ambre et qui permettait – c'était écrit noir sur blanc – de guérir toutes les coliques… « Celle-ci est vraiment très rare », me glissa mon oncle, le regard brillant d'excitation.

Au fond du hangar, Pampi dévoila encore un os qui avait appartenu à la jambe de saint François d'Assise, une larme cristallisée de sainte Rita, l'index momifié de saint Thomas (« celui-là même qu'il a introduit dans les plaies du Christ »), un caillou extrait de la sandale de saint Pierre, une pièce d'argent provenant des trente deniers remis à Judas, un morceau du voile du temple de Jérusalem (déchiré en deux au moment de la mort du Christ), un petit clou rouillé, issu de la crucifixion… « J'ai acquis certains de ces vestiges auprès de collectionneurs très discrets ; d'autres proviennent de fouilles clandestines dans d'anciennes nécropoles chrétiennes… Chaque objet ici possède son histoire, son mystère, et c'est cela aussi qui fait sa beauté. Tiens, ce petit flacon, il renferme le dernier soupir du bon larron, récupéré in extremis au pied de la croix. Et cette amulette en bois, c'est un morceau de la barque sur laquelle Jonas s'était endormi. Incroyable, non ? Oh ! Je sais bien qu'une partie de cette collection n'est sans doute que contrefaçons et arnaques. Parfois, je me dis que je suis idiot de croire que je possède tant de belles choses ! Mais que veux-tu ? Je continue de venir ici, et de me laisser avoir par tant d'absurdités… » Je méditai ces paroles, frappé par la sagesse inattendue de mon oncle, par cette lucidité qui couvait sous ses dehors fantasques. Une anecdote de Lacan me revint en mémoire. Un patient allongé sur son divan s'était un jour exclamé : « Oh là là, ce que je suis bête ! » Ce à quoi le psychanalyste avait répliqué, avec son à-propos légendaire : « Ce n'est pas parce que vous le dites que ça n'est pas vrai. »

Pampi s'était tu. Il me regardait fixement, guettant ma réaction. Plein de lassitude, je finis par murmurer : « Quel lieu extraordinaire… »

Mon oncle leva les bras au ciel avec un geste théâtral : « Tu l'as dit, mon garçon ! Et peu importe au fond que ces objets soient ou non authentiques. L'essentiel tient dans ce qu'ils représentent, dans l'histoire qu'ils racontent ! » Il fit une pirouette, frôlant une fiole posée sur une étagère (du parfum émanant du tombeau de saint Nicolas, m'assura-t-il plus tard). Je m'enhardis : « J'ai l'impression qu'il ne te manque que le prépuce de Jésus… »

Les yeux de Pampi s'illuminèrent : « Hélas, oui ! Le Saint Prépuce reste mon Graal à moi… Je l'ai cherché sur tous les continents. J'ai frappé à la porte des plus grands collectionneurs. J'ai fouillé partout, tu peux en témoigner. Rien à faire ! Cet ultime trophée se refuse à moi. Mais je ne perds pas espoir : à force de persévérance, même les chimères finissent par se matérialiser ! »

Il ponctua sa belle tirade d'un rire tonitruant ; puis, d'un mouvement vif, il me prit par les épaules :

« Tu sais, le plus important pour moi, c'était de sortir ces objets du profane pour les faire entrer dans le sacré. Mon cabinet est une fabrique à prodiges ! En les exposant dans cet hangar, je nimbe tous ces trucs d'une aura mystique, je leur insuffle une âme. J'aurai donc dans l'Histoire un rôle beaucoup plus important que tu ne le crois – et c'est pourquoi je tenais absolument à t'emmener ici. »

Pampi et les prépuces de l'Enfant Jésus (4)

De retour à Málaga, Pampi retomba dans le silence, comme si la visite du hangar avait épuisé ses réserves de ferveur et d'enthousiasme. Plus aucune sortie : nous restions dans son appartement, où je le surprenais souvent le regard perdu dans le vague, un verre de vin à la main.

Cette mélancolie ne dura pas, car mon oncle eut quelques jours plus tard une illumination digne des plus grands mystiques : et si le Saint Prépuce, cette ultime relique qu'il convoitait tant, se trouvait non pas dans quelque sanctuaire oublié d'Italie ou de France, mais tout simplement sur Internet ? Sur eBay par exemple, cet immense bazar où tout s'achetait et se vendait ?

Je vis alors mon oncle passer des nuits entières devant l'écran de son ordinateur, guettant l'improbable, traquant la perle rare dans des océans de pacotille et de contrefaçons.

Lorsqu'une annonce proposant « l'authentique prépuce de N. S. Jésus » apparut enfin sur le site de revente, au milieu d'un fatras douteux d'amulettes et de reliquaires, malgré mes mises en garde contre les charlatans et les escrocs, Pampi engagea ses dernières économies dans une surenchère frénétique.

Il emporta la mise et tint à faire la fête toute la nuit.

Quand le colis arriva, Pampi le déballa avec dévotion, en un cérémonial digne des plus grandes liturgies, comme s'il s'apprêtait à contempler la face même de Dieu. Ses mains tremblaient en défaisant le papier kraft. Son front se perlait de sueur à mesure qu'il sortait de la boîte les différents éléments de calage. Lorsqu'il atteignit enfin l'objet de sa quête, son visage se figea en un masque de stupeur. La découverte de son contenu – une bouteille en plastique contenant un morceau de peau desséchée, manifestement d'origine animale, baignant dans un liquide jaunâtre – lui fit l'effet mélangé d'un électrochoc et d'une douche froide. Il se mit à pleurer bruyamment, partagé entre la déception et la honte d'avoir placé tant d'espoirs dans un artefact de pacotille, et de surcroît très laid. (Même s'il est vrai qu'un très vieux prépuce n'aurait pas été plus beau.)

Carton, bouteille, faux prépuce, vrai liquide : Pampi jeta tout par le balcon.

Je m'efforçai de le réconforter, invoquant la noblesse des désillusions, les vertus pédagogiques des échecs. Pampi acquiesça, le regard toujours éteint. « J'ai cru pouvoir acheter ce qui ne peut qu'être mérité.

J'ai voulu toucher du doigt ce qui ne se révèle qu'à ceux qui en sont dignes. »

Ce soir-là, nous vidâmes deux bouteilles de xérès. Je vomis tout le reste de la nuit.

Mon séjour en Espagne touchait à sa fin, me laissant un goût doux-amer, un mélange d'amusement et de mélancolie.

Au moment de mon départ, tandis que je m'apprêtais à charger mes valises dans le coffre de sa vieille Fiat, mon oncle m'annonça qu'il ne pouvait plus m'accompagner à l'aéroport. « Je suis désolé, Laurent, je dois absolument rencontrer un type qui prétend détenir le vrai prépuce. Le seul, l'unique. Il m'a contacté sur CaraMail, un tchat qui me semble très sérieux, mais il habite du côté de Huelva. C'est à 300 km d'ici. Je ne peux pas manquer une telle occasion. »

Décidément, Pampi était imperméable aux leçons du réel. « Ne t'en fais pas, répondis-je en lui donnant l'accolade. Ta quête passe avant tout, même avant des adieux larmoyants. Fonce. Et tiens-moi au courant si tu mets enfin la main sur le vrai Saint Prépuce, que j'appelle le Vatican pour leur annoncer la bonne nouvelle. » Pampi éclata de rire et me serra dans ses bras. « Tu es un brave garçon, Laurent. Un peu insolent et rationnel, mais brave. Vraiment, j'aurais aimé te raccompagner jusqu'à l'aéroport… – Mais les prépuces n'attendent pas ! Je sais ! complétai-je en levant les yeux au ciel. Allez, file. Ne laisse pas passer ta chance. »

Pampi acquiesça d'un air entendu, une lueur d'excitation dans le regard. « Je vais tout de même t'appeler un taxi. Dis bonjour à ton père, à toute la famille d'ailleurs. Et n'oublie jamais ce que tu as appris ici, avec moi, dans ce si beau coin d'Espagne… »

Je repense souvent à cette dernière phrase de mon oncle. Disons que ça fait trente ans qu'elle fait partie de ma propre collection de reliques. Ce que j'avais appris durant ce mois de juillet, avec lui ? J'ai beau réfléchir : je ne vois absolument pas de quoi parlait Pampi.

V

Superstitieux, moi ?

Maudit transfuge

Dès l'entrée, un trèfle vert fluo, gravé sur le paillasson, exactement en dessous d'une main de Fatma en fer forgée fixée au cadre de la porte. Dans la cuisine, près de l'évier, une branche de persil dans un verre, un saint Pancrace en plastique, et une vingtaine de magnets éparpillés sur la porte du frigo, salamandres, vegvisirs, cornes d'abondance, pancartes stylisées et naïves, « On croise les doigts », « La fortune te sourit », quand ce n'est pas simplement et sans détour : « Je porte bonheur »… Sur le bureau, une coccinelle en porcelaine, aux côtés d'un *maneki-neko* et d'un bouddha rieur. Près du lit, un vieil attrape-rêve, souvenir d'une fête foraine. Dans le vide-poche, toute une armada de porte-clés jamais utilisés : une patte de lapin (synthétique), le chiffre 13 en acier doré, un médaillon patiné du *Sol Invictus*, un éléphant en bois, sa trompe pointée vers le ciel… Si je promène mon regard, mes yeux sont attirés sans cesse par des objets destinés à porter chance. Perchés en haut des portes, alignés sur les étagères, dissimulés dans la bibliothèque, accrochés aux murs : voyez l'étrange armée de bibelots et d'artefacts, de figurines et d'animaux, veillant chaque jour sur l'avenir, pour conjurer chaque fois le mauvais sort.

Pourtant, je ne suis pas dans la maison de mes parents. Non, c'est chez moi que se trouvent tous ces talismans, dans mon appartement parisien. Je m'en rends compte à présent (tiens, ce médaillon de saint Antoine derrière la porte de ma chambre, je l'avais oublié) : ces porte-bonheur sont partout chez moi – tant que c'est peut-être moi qui suis chez eux.

Pourquoi toutes ces babioles ? Il me déplairait de reconnaître mes propres penchants pour les superstitions – honte moderne, idiote et totale : tenir quelque chose de ses parents –, alors parfois je joue au psychologue. Je regarde de tous côtés, puis je regarde en moi, et je me dis : « C'est parce que tu te sens très différent d'eux qu'il t'importe, par petites touches, de sauver quelques points communs entre ta famille et toi. Parce que l'acceptation de ces cadeaux (presque tous ces objets, en effet, proviennent de mes proches) les rassure, et que tu ne détestes pas les voir si facilement rassurés.

Tu te mens quand tu prétends que tu ne possèdes pas vraiment ces reliques, que tu les conserves juste… T'en débarrasser ? Tu en serais bien incapable. L'éléphant, le bouddha, le trèfle, la coccinelle : tout cela est une manifestation tangible de l'héritage culturel, cultuel, que tu as reçu pendant des années. Tous ces bibelots officient à l'instar d'objets transitionnels : ils sont très exactement où tes parents ne sont pas.

Les jeter signifierait rejeter une partie du patrimoine immatériel transmis par ta famille, et donc une part de ton identité… Admets-le : si adulte qu'on soit, ou qu'on s'espère, on échappe peu à son enfance, aux étranges remèdes qu'on nous a appris, aux grands pouvoirs qu'on nous a fait espérer, aux sévères châtiments qu'on nous aura fait attendre très longtemps – et même toute la vie. »

Parfois, quand le psychologue m'ennuie, je joue au sociologue. (Tout, plutôt qu'avouer mes propres superstitions.) Mais l'ennui ne se dissipe pas : le sociologue dit la même chose que le psychologue, avec d'autres mots. « Tu résides à Paris, sans progéniture, avec un revenu suffisant pour te permettre une certaine indifférence dans tes dépenses. Tu es le seul membre de ta famille à détenir un diplôme universitaire, le seul à posséder une véritable bibliothèque, le seul à avoir entrepris une psychanalyse – triple exploit qu'explique une longue quête de distinction. Ta construction identitaire s'opère en opposition constante à tes parents, comme si le fossé entre vous ne cessait de se creuser. Et c'est normal, puisque c'est toi qui creuses. Les objets que tu as hérités de tes proches sont comme des totems symboliques de ta classe d'origine et de ton appartenance familiale. En conservant ces bibelots, tu maintiens un lien avec ton origine, avec ton passé, même si ta vie actuelle en tant qu'éditeur à Paris contraste avec celle de tes parents, ouvriers à Orléans. Tu as longtemps essayé de jouer une autre pièce, à défaut d'en être l'auteur : c'est ce qu'Erving Goffman aurait appelé “une représentation de soi complexe", ou complexée… Rien que de très banal, venant d'un transfuge. Retrouver près de toi, dans cette demeure qui est la tienne, ces divers porte-bonheur, c'est murmurer un secret que tout le monde pourtant peut déchiffrer : ta jeunesse est révolue. Le quadragénaire que tu es n'oublie pas ses origines (il n'a plus besoin de cet oubli pour se construire) : tu redeviens lentement le fils de tes parents. »

Maudit sociologue… Je n'ai guère envie de me considérer, d'agir ou d'écrire, comme un transfuge. Le mot est très à la mode, trop d'auteurs l'utilisent comme fonds de commerce, et je sais la définition qu'en donnaient naguère les dictionnaires. « Soldat qui déserte et passe à l'ennemi. » Moi, je ne suis pas en guerre, je n'abandonne personne car je ne m'étais engagé nulle part. Les choses ne s'opposent pas toujours. Ou plutôt : ce n'est pas parce qu'elles s'opposent qu'on ne doit pas les réunir. J'irai enfin plus loin, et tant pis si mon lecteur se moque. Tous ces objets, gris-gris, talismans, amulettes, tous ces porte-clés, ces magnets sur le frigo, ces figurines en plastique, ces pancartes naïves : j'ai quand même l'impression qu'ils font leur job. Malgré tout ce qui est arrivé, arrivera, je sais ma chance. Mieux : je crois que je suis quelqu'un d'heureux. (Sitôt, la superstition ressurgit, je songe à ce beau vers d'Aragon : « De s'être dit heureux qui donc ne blêmirait ? »)

Mai-Moi-Mitterrand

Si François Mitterrand croyait aux forces de l'esprit, et aux pouvoirs divinatoires d'Élizabeth Teissier, ma famille croyait plus étonnamment encore aux pouvoirs de François Mitterrand lui-même. « Quand on vient d'une famille de chefs de gare, d'éclusiers, de vinaigriers, et qu'on est parvenu à monter si haut dans la société française, c'est qu'on a eu recours à beaucoup d'amulettes, de porte-bonheur, peut-être même de sorts », assuraient mes proches lors des repas dominicaux. « C'est aussi parce qu'il faisait plus que tout confiance au mois de mai », répétaient-ils chaque fois. Grâce à Mitterrand, par l'irréfutabilité de sa réussite présidentielle, les adultes de ma famille étaient en effet persuadés que le mois de mai était un mois fantastique, bizarre, mystique, capricieux peut-être, mais extrêmement favorable à ceux qui y plaçaient leur confiance. « Sans doute parce que c'est le mois de la Vierge », hasardait ma mère. Mon père secouait la tête. C'était autre chose, de moins religieux. « Tout peut arriver en mai, c'est un mois très particulier. Mitterrand l'avait compris, et on peut dire qu'il en a bien profité. Moi aussi : c'est en mai 1969 que j'ai rencontré ta mère, à Casablanca. Et c'est en mai 1973 que j'ai trouvé du travail en France. Pas avant. Le mois de mai est le mois idéal pour changer sa vie. Pas pour tous, pour certains. Pour François Mitterrand, assurément. Et pour nous aussi. »

J'étais un adolescent, c'est-à-dire que je confondais souvent l'espièglerie et l'agressivité : « Mais d'où vient cette certitude ? Et quand Mitterrand vous a-t-il révélé ce grand secret ? Lors d'un Conseil des ministres ? Dans une allocution télévisée ? » Un dimanche que j'exigeais davantage de preuves que celles qu'on m'avait avancées, mon père sortit de table en soufflant, partit dans sa chambre un assez long moment, et revint avec une simple feuille de papier pliée en quatre. « Ces gamins, il faut toujours tout leur prouver », grognait-il en dépliant le feuillet avec un soin quasi religieux. Il s'agissait d'un extrait recopié à la machine à écrire d'un livre de Mitterrand, *La Paille et le Grain*. J'ignorais que mon père avait ce genre de lecture… On décelait quelques ratures dans la copie, les lettres sur le papier tremblaient comme la voix de mon père ; mais sur cette feuille se trouvaient bien les mots qui renforçaient la superstition de ma famille. Le mois de mai était le mois des grands miracles et des drames effroyables, des réussites et des échecs les plus inattendus. Mitterrand lui-même le leur avait révélé :

> 27 mai 1973. *Ce soir, le chauffeur de taxi qui me ramenait chez moi a regardé le ciel et m'a dit* Gare, il pleuvra demain. *Je lui ai demandé le pourquoi de sa science. Il m'a répondu :* je suis portugais. On sait dans mon pays que mai est fou. *Place du Trocadéro, je suis allé sur la terrasse, la tour Montparnasse renvoyait sur Paris les feux du soleil couchant. Pas un nuage, pas un signe. J'ai rêvé un moment à ceux des mois de mai de ma propre vie dont j'ai gardé le souvenir. Aucun qui n'eût sa déchirure.*

La drôle de guerre, qui, un 10 mai, cessa de rire. La mort de mon père, un 5 mai. Longue à venir ; la nuit l'avait emporté juste avant les premières blancheurs du jour. Un 28 mai, à Courville, sur la route de Chartres, l'ami qui s'endort et la voiture, à 100 à l'heure, qui s'enroule autour d'un tilleul. Laissons de côté la politique et sa boulimie de 13 mai. Il y a aussi les splendeurs, les joies aiguës, les bonheurs à la mode de mai. On a le nez dans l'herbe et on respire la vie qui monte de la terre. Les tulipes s'ouvrent à périr, tandis que les iris tirent encore fierté des giboulées d'avril. Les giroflées, qui ont pris racine entre deux pierres du mur, plaident pour l'existence de Dieu mieux qu'on ne le fait à Notre-Dame. Le mai de Rome et le mai d'Amsterdam mêlent leurs ocres rouges. Il n'y a pas que les vaisseaux sur ces canaux à se sentir d'humeur vagabonde. La ville est une mer avec ses îles et ses ressacs. Une Volkswagen au port et nous voilà Christophe Colomb. Si mai est fou, c'est de vivre. Un bonheur insoutenable.

Mon père, après avoir lu cet extrait que je trouvais trop lyrique, demeura dans un silence qu'il valait mieux ne pas troubler. Seule ma mère reprit la parole : « *Si mai est fou, c'est de vivre*... Quelle phrase magnifique... » Chacun autour de la table se mit à hocher la tête. S'engagea dès lors une discussion étrange, érudite, étonnante, à laquelle toute ma famille participa, et que je restitue le plus fidèlement possible, presque trente ans plus tard.

Ma tante Angèle : « Mitterrand ne dit pas tout dans ce journal intime. Il ne raconte pas les choses les plus secrètes. C'est le 5 mai 1938 qu'il a embrassé pour la première fois Catherine Langeais, sur un banc du jardin du Luxembourg ! C'est le 28 mai 1944, à Cluny, qu'il s'est fiancé avec sa future femme, qui s'appelait encore Danielle Gouze ! »

Mon oncle Michel : « Et comme tous deux aimaient les symboles, la date de leurs fiançailles correspond à la date anniversaire de l'arrestation de leur camarade Berty Albrecht, le 28 mai 1943… »

Ma tante Patricia : « Mitterrand a compris très tôt que le mois de mai pouvait être terrible ou formidable. C'est en mai 1979 qu'il a perdu son meilleur ami, Georges Dayan. C'est en mai 1964 qu'il a fait paraître son livre contre de Gaulle, *Le Coup d'État permanent.* »

Ma tante Angèle : « Et c'est aussi en mai 1964 qu'il a séduit Anne Pingeot… »

Ma sœur : « Tu as quand même appris à l'école que c'est en mai 1981 qu'il est devenu président ? »

Ma mère : « Et c'est en mai 1982 que ton père est devenu français. C'est parce que Mitterrand a eu son mai 1981 que ton père a pu avoir son mai 1982. »

Je reprends la parole dans ce récit, sans plus mes proches autour de moi : c'est en mai 1976 que mes parents ont tenu dans leurs mains les clés de leur pavillon orléanais. C'est en mai 1977 que la mère de mon père, Olimpia, est morte. Et c'est en mai 1978 que je suis né. (J'ignore les conditions de ma conception, mais je ne serais pas étonné d'apprendre que mes parents établirent un rétroplanning pour que je naisse ce mois-ci.) Pour la petite histoire, Mitterrand devait également publier, en mai 1978, *L'Abeille et l'Architecte.* Mes parents sautaient de joie.

Hélas, le nombre de coquilles dans les épreuves de ce livre dépassait la décence, et le grand homme, qu'on imagine très contrarié, dut patienter jusqu'en septembre. Moi, j'étais plus contraint par le calendrier, et je naquis donc seul, le 20 mai 1978.

Mes proches me l'ont dit et expliqué cent fois : puisque je suis né en mai, moi aussi, sans doute, je porte bonheur. Touchez-moi, touchez ce livre : je vous dis qu'il est fort possible que je protège du mauvais œil. C'est d'ailleurs inscrit jusque sur ma carte d'identité. LAURENT NUNEZ. L. N. Au cœur de mes initiales, ou au creux, ça dépend des jours, vous voyez bien (vous connaissez l'alphabet) que mes parents ont caché une autre lettre. La lettre M.

M comme Moi.

M comme Mai.

M comme Mitterrand.

Les superstitions de l'écriture

Je ne suis pas malheureux en amour, j'exerce un métier dans lequel je m'épanouis, et j'ai un très bon médecin généraliste. Mais demeure tout un pan de mon existence où je ressemble à un fildefériste, où mon équilibre reste précaire et où, me semble-t-il, je n'ai absolument pas de prise : c'est l'écriture. Dès lors, c'est par ce côté que la superstition infiltre ma vie, son faux savoir comblant mon ignorance. Comment écrire ? Il y a toujours quelque chose de magique, d'étonnant, d'épatant, dans le fait de réussir à composer un livre, un chapitre. Même : une page. Une simple phrase. Songez : quelle énigme se dissimule derrière la rédaction d'une phrase, si modeste soit-elle, pour qu'elle cesse d'être une simple combinaison de mots, pour qu'elle devienne cette chose étrange et belle et rare qu'on nomme *littérature* ? Certains écrivains se cachent au fond de leurs bureaux, porte fermée, à l'abri de tous les regards, pour qu'on ne leur pose jamais cette question. Peut-être qu'aucun ne pourrait sérieusement répondre. Pas plus qu'eux, je ne sais comment on fait pour écrire. Je veux dire : la littérature demeure pour moi un champ mystérieux, car j'ignore qui sème et comment je moissonne. Lorsque je mets le point final à un manuscrit, subsiste en moi chaque fois l'impression d'avoir commis un hold-up.

Il paraît qu'Aragon écrivait avec une facilité déconcertante et n'importe où, au café, dans le bus, le métro. J'ai souvent décrit à mes proches la brûlure que cette légende m'inflige. L'idée que certains puissent écrire aisément m'est peu supportable, parce qu'écrire me fait toujours trembler. Je ressens une peur panique en songeant, avec le temps, qu'un jour je ne saurais peut-être plus écrire, ni même ce qu'il faut raturer dans un texte. Je publierais donc des récits détestables ? Cette peur traverse régulièrement mon esprit ; et j'entends alors une voix qui murmure au fond de moi et me tente : « Ne prends pas de risques. Redeviens superstitieux. »

Les écrivains ont toujours été de grands superstitieux. Un soir que Théophile Gautier dînait avec Sainte-Beuve, Dumas et quelques autres, les convives se trouvèrent treize à table. Gautier voulut s'en aller : il jura que s'il restait, il ne pourrait rien écrire de bon le lendemain. On fit dresser une petite table pour lui seul. Gautier sursauta : Dieu n'avait rien d'idiot. Il voyait bien qu'ils étaient toujours treize ! Sainte-Beuve invita alors le fils du restaurateur. Quatorze, problème résolu : Gautier resta pour le repas. Dès le lendemain, il composa l'ouverture splendide du *Capitaine Fracasse*. Nathalie Sarraute écrivait le matin, toujours à la même table du Marceau, un bistrot tout à côté de chez elle. Colette avait l'habitude d'écrire au lit, entourée de ses chats. Elle prétendait qu'ils l'aidaient à se concentrer, miaulant de désespoir quand ses phrases étaient sèches. Maupassant fuyait les arbres : puisqu'ils se nourrissaient de la terre et des morts, il disait qu'ils n'inspiraient que des pensées morbides, et qu'on ne pouvait rien écrire de gai sous leur ombrage.

Rilke croyait que l'inspiration lui venait dans des lieux élevés, comme des tours ou des montagnes. En 1911, alors qu'il se promenait le long des falaises surplombant la mer Adriatique, près du château de Duino, il eut l'impression d'entendre une voix dans les grondements de la bora : « *Wer, wenn ich schriee, hörte mich denn aus der Engel Ordnungen ?* » (« Qui, si je criais, m'entendrait donc depuis les ordres des anges ? ») Il fit de ce cri venteux le premier vers de son plus fameux poème.

Cocteau croyait également aux anges gardiens, mais ignorait le nom de celui qui le gardait. L'histoire veut que le poète se trouvât dans une cabine d'ascenseur lorsque son ange lui révéla enfin son nom, ridiculement identique à celui du fabricant de la machine : Heurtebise.

À Guernesey, Hugo faisait tourner les tables pour dénicher la fin de ses poèmes, ou pour converser avec Shakespeare, Racine, Molière.

Valéry ne commençait jamais un poème un vendredi, car il considérait ce jour comme de très mauvais augure. (Mallarmé était mort un vendredi.)

Zola conservait une pierre luisante et noire, assurément volcanique, dans la poche de sa blouse. Il la touchait chaque fois qu'il finissait un chapitre. Il refusa toute sa vie d'expliquer pourquoi.

Je n'ai jamais osé déménager tandis que j'écrivais un livre. Jamais changé d'ordinateur, de clavier ni de moniteur tandis que j'inventais une histoire. Ma méthode est empirique : puisque je ne sais pas très bien comment cela fonctionne, j'essaie de ne rien changer à mes conditions d'écriture. Ainsi, il me faut les mêmes reflets sur le même écran, le même clavier, avec ses touches défoncées…

J'essaie aussi de conserver ma routine : je compose l'architecture de mon texte sur un ordinateur ; puis j'imprime et corrige ces brouillons à la main, avec un stylo rouge. Je les relis sur une chaise longue ou un fauteuil, dans une légère rêverie. (J'ai longtemps fait cela le matin, très tôt, vers 5 heures – espérant confondre les rêves et la littérature.) Comme support pour ces feuilles, j'utilise depuis quinze ans la même bande dessinée, à la couverture blanche et rigide et d'un format conséquent, 27 x 38 cm. (Il faudrait un jour que je salue son auteur.) Le format de cet album est tel que je ne peux le ranger dans aucune de mes étagères… Un livre inclassable : voilà ce que j'espère créer quand je m'appuie sur cet album ? Pendant longtemps, je lisais tous ces brouillons à voix haute, pour mon chat. Musil m'écoutait avec un calme olympien, son poil était blanc et ses yeux étaient bleus. Grâce à lui, j'étais persuadé d'entendre ce qui sonnait faux dans mes textes.

Ma plus grande superstition consiste à corriger mes textes avec un stylo surmonté d'une douille, laquelle, bien sûr, possède une histoire. J'avais dix-sept ou dix-huit ans, et j'étais allé chez un ami sans le prévenir. Il faisait nuit ; les fenêtres de sa maison luisaient au fond d'un jardin si grand qu'il ressemblait à un parc. La demeure n'avait pas de sonnette et je n'avais pas de téléphone portable : je poussai la grille et avançai dans une obscurité qui contraignait mes mouvements. La porte de la maison s'ouvrit, quelqu'un se mit à l'embrasure, immobile, muet. Moins immobile que je le croyais : ses bras se tendirent, et j'entendis un boum mauvais, un sifflement étrange. « Qui est-ce ? » Seul chez lui, un long fusil à la main, Alban avait appuyé sur la détente avant même de poser la question. J'arrivai devant lui, livide, tremblant. « Tu m'as tiré dessus ? – Je ne savais pas que c'était toi ! Mais tu as de la chance, c'est le fusil de chasse de mon père : il répète tous les week-ends qu'il ne vise pas droit. »

Alban regarda par terre, se baissa pour ramasser quelque chose qui luisait au sol. « Garde-la, c'est la tienne après tout. Elle te portera bonheur. » Il mit dans ma main la douille de la balle qui ne m'avait pas atteint… Je mis la douille dans ma poche. Elle a par la suite coiffé d'innombrables stylos, et c'est avec son aide, si l'on peut dire, que j'ai passé bon nombre de partiels, de concours, et corrigé la plupart de mes articles et de mes livres.

Des ciseaux dans un bol

À quarante-cinq ans, j'ai sans doute dépensé la moitié de ma vie à jouer à cache-cache avec les superstitions de ma famille. Quelle énergie j'ai dû puiser dans les réservoirs de ma tendresse pour ne pas me laisser submerger par une exaspération que mes proches auraient de surcroît trouvée sacrilège ! Parfois, c'est vrai, je me suis tout de même moqué d'eux jusqu'à les faire rougir. D'autres fois, par lâcheté, je me suis tu ou j'ai hoché la tête. Même adulte. Même récemment. Lorsqu'on aime, on n'a souvent pas d'autres choix que de jouer la comédie.

Il y a quelques années, alors que j'enseignais encore, j'avais organisé pour mes élèves un séjour en Italie. Ce beau voyage enfiévra mon imagination pendant de nombreuses semaines. Je nous voyais marcher dans l'ombre immense du Colisée. Je rêvais de l'éclat des pièces de monnaie dans la fontaine de Trevi, et des promenades bavardes au sein du Forum. Je me perdais dans Pompéi et Herculanum, parmi la cendre et les ruines. J'applaudissais au milieu de touristes trop nombreux devant la baie de Naples.

Mais un tel voyage exige des mois de préparation. Entre les formalités administratives, la collecte des fonds, la réservation des hébergements et la planification des visites, je me sentis vite débordé. C'était la première fois que je partais avec des élèves, il avait été difficile de convaincre le proviseur, et je savais que ce voyage devait être une réussite… Deux semaines avant notre départ, et tandis que je faisais pour la centième fois la liste des choses dont j'avais absolument besoin, une ombre vint gâcher ces préparatifs : je n'arrivais plus à mettre la main sur ma carte d'identité. Je fouillai mon appartement de fond en comble, je vidai les tiroirs, j'inspectai les placards, les endroits où il était très improbable pourtant qu'elle fût tombée (comme derrière les cadres du couloir, sous le grand tapis du salon, dans le vide-ordures…) Mais non, rien. La perspective d'annuler ce séjour, malgré tous les efforts déployés, tous les frais engagés, me faisait pleurer de rage. Qu'allais-je dire à mes élèves ? À leurs parents ? Je me souviens que je ne dormais plus. L'ombre du Colisée, le roucoulement des fontaines romaines, la douceur de la baie de Naples : tout s'éloignait de moi, qui n'y pouvais rien.

Le jour du départ, pourtant, continuait d'approcher. Que pouvais-je faire ? Je n'avais en remplacement ni permis ni passeport… Un soir, alors que je fouillais encore mon appartement, et cette fois jusque dans les valises, les vases, les sacs, mon téléphone sonna. J'entendis la voix joyeuse de ma mère : « Comment vas-tu, mon chéri ? » Cela faisait plusieurs jours que je ne lui avais pas parlé. Tandis que je lui confiais mon désarroi, j'avais bien du mal à empêcher les larmes de monter à mes yeux. J'aurais voulu que, guidée par une intuition géniale, ma mère me conseille de fouiller un endroit auquel je n'avais pas pensé, ou qu'elle me dise : « Je connais quelqu'un, à la mairie d'Orléans, qui pourra te refaire une carte d'identité en 48 heures. » J'aurais voulu, si elle-même ne trouvait pas de solution, qu'elle me réconforte et me soutienne, qu'elle me console par les mots les plus banals. Mais dans ma famille, hélas, il n'est pas d'usage de ne pas trouver de solution. « J'ai bien fait d'appeler, déclara ma mère avec une assurance déconcertante. *Koutoufatou* ne suffirait pas, car vraiment le temps presse. Voici plutôt ce que tu vas faire, dès ce soir : tu prends un grand bol dans ta cuisine et tu le remplis d'eau. Puis tu récupères des ciseaux (tu en as, j'espère ?), tu les ouvres et tu les déposes au fond du bol. Mets un peu de sel dans cette eau. Et c'est tout ! Surtout, ne cherche plus, ne touche plus à rien ! Laisse reposer toute la nuit. Et tu verras, dès demain matin, tu retrouveras ta carte. »

C'était trop : la différence entre mon problème et sa solution, entre mon inquiétude et cette nonchalance, m'était insupportable. J'éclatai : « Encore une de tes idées farfelues ! Je n'ai plus le temps pour ce genre de bêtises ! » Ma mère insista : « Fais ce que je te dis, tu n'as rien à perdre ! » Je lui raccrochai au nez.

Évidemment, la soirée s'écoula sans que je fasse ce que m'avait suggéré ma mère.

Évidemment, ma mère me rappela le lendemain :

– Alors, tu as retrouvé ta carte ?

– Bien sûr que non.

– C'est très étrange tout de même. Tu as fait tout ce que je t'avais dit ?

Allongé sur mon lit, n'ayant plus l'énergie de combattre ni le désir de blesser, mais peut-être avec le désir de confondre ma mère, je mentis.

– J'ai fait absolument tout ce que tu m'as dit.

– C'est encore plus étrange. Décris-moi ce que tu as fait.

– J'ai pris un grand bol plein d'eau, j'ai mis des ciseaux dedans, j'ai ajouté du sel, et j'ai laissé tout cela sur la table de la cuisine, toute la nuit.

– Et rien ?

– Comment ça, rien ?

– Tu n'as pas retrouvé ta carte ?

– Mais non, bien sûr que non ! J'ai suivi à la lettre ton espèce de recette et cela n'a pas fonctionné. Bravo ! Merci ! Et je dois partir la semaine prochaine !

Plus de mots, et pas un bruit. On sentait que ma mère s'interrogeait à l'autre bout du téléphone. Après quelques secondes où tout se bousculait dans sa tête, elle formula la seule réponse qui lui semblait raisonnable :

– Tu n'as pas dû ouvrir suffisamment tes ciseaux.

Trois contre moi

Comme toujours avec les rituels superstitieux, la faute incombe à celui qui n'y croit pas, à l'hérétique qui exécute mal les choses… Je compris que dans cette histoire j'étais deux fois perdant : en ne retrouvant pas ma carte, et en refusant de contredire franchement ma mère… Je ne veux me souvenir que de ceci, très agaçant : le lendemain, ma carte d'identité ressurgit, coincée entre les pages d'un recueil d'Apollinaire. Les ciseaux dans le bol n'avaient évidemment rien à voir avec cette heureuse trouvaille, mais je fus étrangement vexé de ne retrouver ma carte qu'après ces très vaines discussions. Ma mère l'apprit : « Ta carte est revenue ! Ah, tant mieux ! Ça ne m'étonne pas : comme tu avais tout fait et que ça n'avait pas marché, j'ai appelé Angèle et Jeannette, et le soir même nous avons chacune placé des ciseaux dans des bols. »

Voilà qu'on accomplissait des rituels de sorcellerie pour moi, sans m'en informer… J'étais coincé, et n'eus d'autre choix que de remercier ma mère. J'envoyai également un SMS de remerciements à mes tantes. Grâce à trois ciseaux grands ouverts et placés dans trois grands bols d'eau, la semaine suivante, j'emmenai mes élèves à la découverte de l'Italie.

Le voyage en Italie

Par cette virée de l'autre côté des Alpes, je pensais m'offrir quelques jours de vacances, m'éloigner un peu des croyances somme toute monotones de ma famille. Les notes que j'ai prises dans mon journal de voyage me rappellent que ce fut l'inverse.

*Arrivée à Rome. Belle et longue promenade dans le Forum. Arc de Septime Sévère, temple de Saturne, basilique Julia : de vrais touristes. Au pied du Palatin, nous nous arrêtons devant un simple bassin de cinq mètres sur cinq. Notre guide : « Admirez la célèbre source de Juturne, délabrée, mousseuse, mais luisante de centaines de pièces de monnaie que les touristes ont jetées ! » Tout autour de l'horrible bassin, des fruits pourris, de petits mots délavés, de vieilles photos. Les personnes âgées et les infirmes viennent encore déposer ici des offrandes pour s'assurer la bénédiction de la nymphe... Du reste, on dit que l'eau de cette source possède de grandes propriétés curatives. (*Fontana del Tritone, Fontana dell'Acqua Paola, Fontana delle Tartarughe *: c'est simple, toutes les fontaines du coin sont magiques.) Nous reprenons la promenade. Près du temple des Dioscures, un panneau rappelle que les Romains étaient si superstitieux qu'un jour sur deux était férié – consacré à une divinité.*

*

J'ai appris un nouveau mot, en risquant de tomber dedans. Favisae. *On appelle ainsi des espèces de puits creusés sous le temple de Jupiter, au Capitole, où l'on déposait les images des dieux que le temps ou la foudre avait renversées.*

*

Périple en car jusqu'à Pompéi. Dans les ruines de beaucoup de villas, on trouve de minuscules autels, de petits sanctuaires domestiques : ils sont consacrés aux lares, des divinités qui protégeaient la maisonnée. Sur les sols comme aux murs, des mosaïques en assez bon état représentant Bacchus, Poséidon, Mercure, Aphrodite. (Et toujours la même question : les Romains croyaient-ils vraiment en tous leurs dieux ?) Plus surprenant : d'énormes phallus, en pierre ou en terre cuite, sont posés à chaque coin de rue. Les élèves ricanent et moi je rougis. Je mets du temps à leur expliquer qu'il ne s'agissait pas seulement d'offrir à la vue des passants une image obscène : le fascinus, *massif, disproportionné, protégeait les demeures contre le mauvais œil.*

*

Herculanum ressemble à Pompéi. Des bites, des bites partout. Sculptures à volonté du dieu Priape, grotesque, rieur, ithyphallique. « C'était vraiment leur nain de jardin », résume une élève. Devant une mosaïque représentant Neptune et Amphitrite, un panneau m'agace : « Les victimes du Vésuve craignaient-elles, tandis qu'une pluie atroce brûlait leur peau, d'avoir offensé les dieux, provoquant ainsi cette colère destructrice ? » Vraie bêtise et fausse empathie.

*

Visite expéditive de la baie de Naples, car nous étions en retard pour le musée archéologique. Il aurait fallu réserver pour visiter la salle la plus intéressante : le cabinet pornographique. Ignorant cette nécessité, j'y suis entré pendant que le gardien était parti chercher un sandwich. Quelques élèves audacieux m'ont suivi. Pornographie et superstition : une multitude de lampes à huile en forme de fascinus, *un tas de boucles d'oreilles turgescentes, d'amulettes outrageusement viriles... L'idée, semble-t-il, était de fasciner autant que possible le regard de l'autre, partout, toujours, afin qu'il ne puisse plus jeter aucun sort. On devait remplacer sa jalousie, son envie, sa méchanceté, par un désir violent, accaparant. « Ça fonctionne encore plutôt pas mal », me dit un élève en souriant.*

Chez les frères dominicains

Quelques mois après mon expédition italienne, je décidai de quitter l'enseignement. « Tu renonces au statut de fonctionnaire ? » s'étonnait le chœur des tantes. Oui, aussi incroyable que cela puisse paraître... Sur quoi reposait un tel choix, une telle volte-face ? Je l'ignore. Et que devais-je faire pour réussir élégamment mon grand saut ? Je l'ignorais aussi. Dans ma famille, on ne changeait pas souvent de trajectoire – sauf accident de la vie... J'avais publié un premier roman, qui n'avait pas déplu ; je rejoignis *Le Magazine littéraire* en tant que critique. J'en devins le rédacteur en chef. Bonne pioche : de 2010 à 2014, j'y rencontrai beaucoup d'écrivains, dont certains sont devenus des amis. Ce n'est pas rien de rencontrer des gens qui ont enfin les mêmes désirs que vous. Moi qui ne lisais que des classiques, je bénéficiais de très bons cours de rattrapage, à la terrasse d'un café, ou lors de divers déjeuners. J'acquis également une meilleure compréhension des arcanes du marché littéraire, qui, s'il n'est pas la littérature, n'en reste pas moins nécessaire pour ceux que seule la littérature intéresse. Hélas, François Pinault revendit *Le Magazine*, et je partis diriger les pages Culture de *Marianne*, de 2014 à 2017. Mauvaise pioche : les semaines se suivaient, se ressemblaient, je m'ennuyais comme un enfant dans un magasin de rideaux. Le hasard, d'aucuns diront la Providence, me conduisit alors aux Éditions du Cerf. J'y appris mon nouveau métier : éditeur. Il convient de préciser que cette maison d'édition appartient à l'ordre des dominicains… Était-ce pour moi, inconsciemment, une manière nouvelle d'interroger l'invisible, le transcendant ? Ce fut en tout cas, entre 2017 et 2020, une incroyable aventure. Une excellente pioche.

Situées rue des Tanneries, dans le XIIIe arrondissement parisien, et adossées au couvent Saint-Jacques, Les Éditions du Cerf exhalaient le passé, tout en adressant quelques clins d'œil au présent. Leurs murs de pierre, massifs et sans fioritures, semblaient évoquer une philosophie où la fonction prime franchement sur l'esthétique. Le silence qui régnait dans les couloirs était moins monacal que poétique, doucement bouleversé par les chants ou les chuchotements des frères en robe.

Au sous-sol, la bibliothèque était un monde en soi, un petit labyrinthe, une secrète Babel. Daniel, le frère archiviste, haussait les épaules et ronchonnait chaque fois qu'il m'y voyait. Mais c'était dans le jardin que je préférais flâner. Il donnait à sa droite sur une petite chapelle de quartier : Notre-Dame-des-Anges. À sa gauche, on apercevait les fenêtres éclairées de la bibliothèque du Saulchoir – qui m'intriguait puisque Michel Foucault y avait conçu son *Histoire de la sexualité*… Au milieu du jardin, un dédale de sentiers en gravier s'étirait entre des haies méticuleusement taillées et des parterres de plantes médicinales. Un chêne centenaire y trônait, sous une branche duquel était fixée une étroite balançoire. Son but me demeurait obscur, je n'ai jamais surpris aucun frère s'asseoir dessus. Puisque cette balançoire semblait inviolable, consacrée, je persiste à lui accorder une très grande valeur symbolique.

J'appris mon nouveau métier au sein de cette maison, et beaucoup d'autres choses avec les dominicains. Je discutais souvent avec les frères du couvent, qui réclamaient mon aide chaque fois qu'un de leurs ordinateurs plantait. Les pannes du système Windows ont ainsi beaucoup fait pour ma culture religieuse. Que Bill Gates en soit remercié. Du reste, j'appréciais leur compagnie, qui me reposait de celle de mes proches – car eux se posaient beaucoup de questions, quand ma famille ne possédait que des réponses. Jésus pouvait-il être du côté de la Manif pour tous ? Dieu entendait-il vraiment quand on priait dans sa tête ? Les effets spéciaux de *L'Exorciste* étaient-ils crédibles ? D'ailleurs : le diable existait-il ? Si Dieu était amour, pourquoi permettait-il tant de haine ? Prêchait-on sérieusement sur Twitter, sur Instagram ? La vie extraterrestre était-elle compatible avec la foi ? Pouvait-on représenter Dieu ? Que penser des prophéties de Nostradamus ? Des secrets de Fatima ?

J'eus les plus amusantes discussions avec le frère Jean-Renaud, qui occupait le poste de directeur éditorial. Il était mon voisin de bureau : humble et brillant, asocial et sans filtre, rempli de cette timidité qui parfois passe pour de la sauvagerie. L'existence lui semblait si facile ! Il suffisait pour lui de s'y mettre. « Après tout, quand on vient au bal, c'est pour danser », me disait-il souvent, à voix basse, comme si cette image était tirée d'un très secret évangile. Un soir, il m'annonça qu'on l'envoyait six mois au Vatican. Je m'inquiétai : « Tu parles italien ? – Pas un mot, Laurent ! Pas un mot ! Mais ça va, j'ai trois semaines pour apprendre à prêcher dans la langue de Dante. » Tandis qu'il disait cela devant moi, sans aucune fierté, sans aucune peur, je me souvins du refus terrifié de mes proches de visiter un pays dont ils ne connaissaient pas la langue… C'est dans son bureau que j'appris à moins trembler en regardant le monde. J'y découvris l'immense fossé qui sépare la superstition et la foi. L'une rend craintif, l'autre redonne confiance.

L'une freine, l'autre propulse.

Prière, mode d'emploi

Un soir de mai, tandis que nous buvions une bière sur la petite terrasse des Éditions du Cerf, Jean-Renaud m'expliqua que la prière pour un croyant était capitale, mais qu'il ne servait à rien de demander quelque chose pour soi, ni même pour ses proches. « Ce serait une utilisation très égoïste ! Il vaut mieux prier pour son prochain ; et le prochain, qui est-ce, toujours ? Celui qui n'est pas si proche de nous. »

Je transmis l'information à mes parents. Ils tombèrent des nues. « Mais qu'est-ce qu'il raconte, ton moine ? On ne peut plus prier pour sa famille ? Il faudrait juste prier pour les autres ? – Quelque chose comme ça. Prier pour ceux qui en ont vraiment besoin, et qu'on ne connaît pas forcément. – Et il faudrait croire qu'en échange ces inconnus prieront pour nous ? – Il faudrait l'espérer. Mais il n'y a pas d'échange non plus à attendre. Ce n'est pas un système économique. » Mes parents se regardèrent, effarés. « Tu dis qu'il faut prier pour les autres, mais sans attendre que les autres prient pour nous ? » Ils refusèrent de continuer la conversation, et se levèrent de table. Je voyais dans leurs yeux la plus grande consternation. « Qu'est-ce qu'on a raté dans son éducation ? Ce garçon est encore plus naïf qu'on le pensait. »

Chacun son ange gardien

Un après-midi, alors que je m'étais rendu à la bibliothèque du couvent Saint-Jacques, j'y surpris quelques frères attablés devant un exemplaire de la Bible, qu'ils ouvraient au hasard avec des airs de stupeur. Le tableau m'intrigua et, après m'être raclé la gorge pour signaler ma présence, je demandai ce qu'ils faisaient à contempler ce volume qu'ils devaient tout de même assez bien connaître. Silence. Tous paraissaient gênés. Le frère Emmanuel grommela enfin : « Ne te moque pas de la sorte. Le frère Victor, que je te présente, est arrivé hier dans notre communauté. Nous cherchons le nom de son ange gardien. »

C'est ainsi, au sous-sol d'un vieux couvent, et devant un très pieux sabbat, que je découvris que même les frères dominicains pouvaient être superstitieux. Comme mes parents, mes cousins, mes oncles et mes tantes, ils adhéraient, au-delà du Père, du Fils et du Saint-Esprit, aux protecteurs personnels, aux fantômes secourables. Ils possédaient néanmoins une manière spécifique de trouver les leurs : silencieux et concentrés, ils ouvraient la sainte Bible à une page quelconque, et laissaient leur regard s'arrêter sur un verset. Le premier nom qu'ils lisaient était celui de leur ange gardien…

Je sentis que j'étais de trop durant cette cérémonie secrète, presque familiale : je m'excusai et remontai jusqu'à mon bureau. La journée passa dans une excitation étrange. Je connaissais une pratique ésotérique

que mes proches ignoraient… Le soir venu, je n'y tins plus bien sûr, et je voulus essayer moi aussi ce jeu de divination. Je retrouvai une petite bible dans ma bibliothèque. Je fis autant que je pus le vide dans ma tête, puis j'entrepris d'ouvrir cette bible de poche complètement au hasard. Excitation, déception. Mes yeux se posèrent sur le nom le plus étrange et le moins connu de l'Ancien Testament.

Eliphaz de Théman.

Je songeai que chacun avait sans doute l'ange gardien qu'il méritait…

Le lendemain matin, je fis part de ma découverte au frère Jean-Renaud :

– Mon ange gardien porte un nom peu commun : Eliphaz de Théman.

– Vraiment ! Et comment sais-tu cela ?

J'hésitais à répondre. Jean-Renaud éclata de rire :

– Tu as raison, ne dis rien. Je n'ai pas envie de savoir. Mais, toi, tu sembles vouloir en apprendre plus sur cet individu.

Jean-Renaud me fit signe de prendre une chaise et de m'asseoir à côté de lui. Il alluma une cigarette avec un briquet affreux, une bondieuserie bleu et blanc censée représenter la Vierge Marie, et reprit :

– Eliphaz de Théman est l'un des trois amis qui viennent voir Job après que ce dernier a perdu ses biens, sa santé et sa famille. Tu dois le savoir (j'acquiesçai évidemment), mais le livre de Job explore la question du mal et de la souffrance humaine, et ses amis, par leur discours, en représentent différentes approches théologiques et philosophiques.

– Et quelle est celle de mon Eliphaz ?

– Dans l'arène intellectuelle où s'affrontent Job et ses amis, Eliphaz est le premier gladiateur à s'avancer. Il ne brille pas par l'arrogance ou l'impatience. Eliphaz est modeste, presque doux, mais son discours tranche telle une épée. « Les bons ne sont jamais délaissés par la Providence », clame-t-il béatement, comme si la souffrance était une mésaventure réservée aux méchants. Job n'en revient pas : le voilà sommé par Eliphaz de plonger dans sa conscience et d'en extirper tous ses péchés… Heureusement, tout cela est dénoncé, et même balayé, par la réprimande finale du Seigneur lui-même, qui prend la parole et déclare que les choses ne sont pas si simples, et qu'Eliphaz se trompe.

– Si Dieu le dit, c'est donc vrai ?

– Va savoir, avec Lui… Ce qui fascine dans le personnage d'Eliphaz, c'est sa foi dans la justice cosmique. Pour lui, comme pour beaucoup de croyants, si nous souffrons c'est forcément à cause de nos actions, de nos pensées, de nos péchés. Le malheur ne peut pas nous tomber dessus gratuitement… Eliphaz se trouve au carrefour d'une grande tragédie humaine. Il est le reflet d'une quête éternelle : celle qui voudrait à tout prix donner un sens à la souffrance, même quand ce sens déjoue cruellement la logique et la justice… Et ce serait lui ton ange gardien ?

– C'est en tout cas le premier nom que j'ai déchiffré en ouvrant la Bible hier soir.

– Je t'ai dit que je ne voulais pas savoir ! Bon, alors c'est bien lui, ton ange gardien… Bah, pourquoi pas.

Je ne vais pas me mettre à penser comme ce Thémanite, mais tu as dû faire des trucs bizarres dans ta vie pour que Dieu te concède cet étrange protecteur. Enfin ! Chacun se débrouille avec ce que la Providence lui accorde. Maintenant, s'il te plaît, laisse-moi travailler.

Ces explications me convenaient. Je remerciai vivement Jean-Renaud, ricanai encore une fois devant son horrible briquet, et retournai à mon bureau.

La grande joie de Jean-Renaud

Les volutes de fumée de la cigarette de Jean-Renaud me guident vers cette dernière anecdote. Chaque soir, passé 19 heures, le frère dominicain entrouvrait sa fenêtre, fermait sa porte, et allumait une dernière cigarette pour marquer la fin de sa journée. Je reconnaissais le bruit sec de la porte se refermant : c'était le signal qui autorisait paradoxalement mon entrée. Je pénétrais alors dans la pièce avec discrétion, prenais place sur une petite chaise de bureau, et Jean-Renaud et moi blaguions et discutions tranquillement. De tout, de rien. Je riais beaucoup. Jean-Renaud ne se réjouissait que pour une seule et même nouvelle, à la fois sublime et terrifiante : le décès d'une personnalité. 2017–2020 : Jean d'Ormesson trépassait, Johnny Hallyday s'éclipsait, France Gall s'éteignait, Agnès Varda partait, Michel Serres expirait, Jacques Chirac disparaissait, Anna Karina y passait, Guy Bedos y restait, Juliette Gréco se taisait, Charles Aznavour nous quittait, Albert Uderzo s'en allait, Pierre Cardin succombait, Bertrand Tavernier canait, Jean-Claude Carrière l'âme rendait, Patrick Dupond bêtement mourait – et, dans son bureau, Jean-Renaud souriait.

Les chaînes de télévision lançaient de longues rétrospectives. Les stations de radio transmettaient les témoignages d'amis, de parents, de fans. Jean-Renaud affichait un sourire enfantin. Il applaudissait même. Oui, il semblait ravi d'apprendre que quelqu'un avait quitté ce monde. « Dès ce soir, il sera assis à la droite de Jésus. Tu imagines la chance qu'il a, comparé à nous ? Comparé à moi, qui suis à tes côtés ? » Je l'observais savourer sa cigarette. Il ne blaguait presque pas. Il exagérait très peu. Il était sincèrement heureux pour celui qui avait franchi le seuil de l'au-delà. Ainsi, pendant trois années, j'eus le privilège de côtoyer l'une des rares personnes ayant, semble-t-il, terrassé le spectre de la mort. « Nous, on est là, à traîner dans ce vieux monde, à grelotter, à pleurnicher ; et lui, il est dans la lumière, désormais au fait de tous les secrets ! » Jean-Renaud était incroyablement jaloux du défunt. Moi, j'étais jaloux de lui. J'aurais tellement aimé espérer autant que lui, éprouver une foi aussi inébranlable que la sienne.

VI

Nous devant la mort

On ne pleure pas un animal

Dans ma famille régnait cette croyance indéracinable : si nous avions la faiblesse de pleurer la mort d'un animal, Dieu nous punirait en nous faisant pleurer pour quelque chose de bien plus grave : la mort d'un ami, d'un parent – d'un très proche, en tout cas. C'est pourquoi, quand il leur arrivait de perdre leur chien ou leur chat, mes cousins se retenaient toujours autant qu'ils pouvaient, étouffant leur peine, ravalant leurs larmes. Les choses étaient plus simples pour ma sœur et moi car, nos parents ayant pris le problème à la racine, le sanctuaire familial demeura durant notre enfance vierge de toute présence animale. Ni chien, ni chat, lapin, hamster, belette, chinchilla, canari, poisson rouge. Cette stratégie de l'évitement porta ses fruits : personne ne mourut durant nos jeunes années. Nous eûmes, petits chanceux, une enfance sans funérailles, mais aussi sans ronrons ni aboiements.

Un jour, un camarade d'école me demanda, intrigué : « Pourquoi n'avez-vous pas d'animaux chez vous ? – Oh ! Parce qu'on aime trop nos parents », répondis-je avec sérieux.

L'adolescence passa par là et me fit changer d'avis. Un ami voulut m'offrir un berger malinois né d'une portée de sa chienne. Cette opportunité me comblait. Restait à convaincre mes parents. « Qui s'en occupera ? – Moi. – Et pendant les vacances ? – J'ai déjà demandé à notre voisine, elle est d'accord. – Qui va payer ? – Il nous donne le chiot : c'est gratuit ! » Mes parents finirent par céder, peut-être grâce à ce dernier argument. Je me rendis chez mon ami, qui habitait une ferme vers Saint-Cyr-en-Val. Dans une cour, cinq ou six chiots s'ébattaient bruyamment, se disputant gamelles et jouets en plastique. Tous, sauf un, le plus chétif, apparemment mis à l'écart par ses frères et sœurs hyperactifs et voraces. C'est lui que je choisis – le plus faible, le plus timide, le moins vif de la portée –, ou plutôt elle, car c'était en fait une femelle. Je la ramenai chez nous et décidai de l'appeler Lucky.

Dans la cuisine, mes parents buvaient un café en compagnie de ma tante Eulalie. En voyant le chiot dans mes bras, cette dernière fit la moue et ne put réprimer une remarque : « Sais-tu combien de temps ça vit, cette race de chien ? » Comme je lui répondais : « Une bonne dizaine d'années », elle se tourna vers ma mère pour ajouter, l'air immensément soucieux : « Il ne faudrait pas que ce gosse s'attache trop… » Je repense souvent à cette phrase si triste de ma tante, que j'associe désormais à cette remarque si drôle de Cioran : « Dans cinq cent mille ans, l'Angleterre sera, paraît-il, entièrement recouverte d'eau. Si j'étais anglais, je déposerais les armes toute affaire cessante. »

Je n'ai pas une passion dévorante pour les gens mal élevés – et c'est pareil pour les animaux. Tous les mercredis, vers 15 heures, j'emmenais donc Lucky chez un dresseur, qui possédait un grand terrain pas très loin de chez nous. Laissez-moi la décrire : Lucky était un berger malinois au pelage fauve et noir, court et brillant. Ses oreilles triangulaires, désormais toujours dressées, lui donnaient un air attentif, intelligent. Son museau allongé se terminait par une truffe noire et humide, surmontant une mâchoire puissante mais jamais menaçante. Son corps trahissait une grande vitalité, renforcée par sa queue fournie qui battait l'air à notre approche. Malgré sa stature, elle dégageait une grande douceur.

Je la promenais le plus souvent sans laisse, car elle ne me quittait pas d'une semelle. Elle ne quémandait jamais lorsque nous étions attablés, ne sautait pas sur les invités, passait ses après-midi à se rouler sur l'herbe, ou à dormir au soleil, près du portail. La nuit, nous la laissions dormir sur un gros coussin, dans le couloir, devant ma porte.

Vers l'âge de vingt et un ans, je quittai Orléans pour Paris, afin d'y préparer l'agrégation de lettres modernes. Je confiai Lucky à mes parents. Mais je rentrais chaque week-end (ma mère avait posé cette condition), et dès que j'ouvrais le portail, ma chienne m'accueillait avec une joie débordante. Est-ce que les animaux nous aiment ? Je l'ignore, mais j'aimerais bien si ce n'est pas le cas, ou si le terme est impropre, qu'on m'explique ce qui se passe en eux quand ils nous voient, et comment nommer cette excitation bizarre qui les traverse alors.

Les années passèrent, et Lucky commença à montrer des signes de vieillesse. Elle se levait moins vite quand elle me voyait rentrer ; elle jouait moins avec ses peluches ; elle ne courait presque plus, et passait le plus clair de son temps à dormir au soleil. Son bassin la faisait souffrir. Mon père, qui multipliait les visites chez le vétérinaire, me le rapportait le week-end. Puis je reçus un coup de fil, un jeudi soir d'octobre. Je devais avoir vingt-quatre, vingt-cinq ans. J'entendis ma mère, la voix mal assurée : « Laurent, on voulait te dire… Lucky souffrait trop. Elle n'arrivait même plus à se lever, la pauvre… On a dû l'emmener chez le vétérinaire. » Les larmes me montèrent aux yeux. Ma gorge se serrait également. Même si je n'étais plus un enfant, je savais que je ne devais toujours rien montrer de ma peine : et cette obligation d'indifférence me faisait plus souffrir encore. Je bredouillai : « Vous l'avez emmenée ce matin ? » Un silence, puis ma mère finit par avouer : « Non, ton père y est allé lundi. »

Trois jours… Je m'emportai au téléphone. Est-ce que je n'aurais pas mérité d'être informé le jour même de la mort de ma chienne ? Ma mère ne voulait pas discuter : « Je suis vraiment désolée. C'est dur pour nous aussi. Je ne te passe pas ton père, il est trop affecté. »

Elle raccrocha.

Je sais que le silence de mes parents avait au moins trois raisons : leur propre chagrin, honteux, intransmissible ; leur volonté de me préserver, même momentanément, de cette souffrance qu'ils ressentaient ; et cette superstition tenace qu'ils nourrissaient, et qu'ils m'avaient inculquée, qui voulait que pleurer un animal attire le malheur et la mort...

Je demeurai longtemps en colère contre eux. Je n'en démordais pas : j'aurais voulu pouvoir penser à ma chienne au moment même où elle mourait. J'avais l'impression de l'avoir trahie. J'ai beaucoup pleuré, seul ; et tant pis si le sort décidait ensuite de s'acharner contre moi. Oui, j'avais un peu honte de mes larmes, et cependant j'en étais fier ; je trouvais cela très normal – pleurer pour un animal qu'on a élevé, choyé, nourri – et ne comprenais guère pourquoi j'aurais dû le cacher. Parce que mes parents m'avaient mis autre chose en tête, avec leur Dieu mesquin et revanchard, une question terrifiante me traversait toutefois, entre deux montées de larmes : « Comment survivrai-je lorsque l'un des deux mourra ? » Indigné par ma propre réflexion, craignant de devenir peut-être, par tant de pleurs, leur propre assassin, je secouai la tête pour chasser toutes ces pensées. En vain.

Je pleure Musil

Après la mort de Lucky, mes parents n'eurent plus jamais d'animaux ; mais un ou deux ans plus tard, je décidai de retenter l'expérience avec un chat.

Juin 2004. Je me promenais sur le quai de la Mégisserie, bien connu des Parisiens pour ses diverses animaleries – qui furent plus tard accusées des pires méfaits : mauvais traitements, transport non conforme, introduction illégale sur le territoire, fraude fiscale, travail dissimulé… Bref : j'entrai dans l'une de ces monstruosités, et mon regard fut attiré au fond du magasin par un chaton blanc et gris, aux yeux très bleus. Il miaulait comme on appelle à l'aide. Son prix, hélas, équivalait à ce que j'avais mis de côté pour partir en congés… Tant pis : cet été-là, je ne vis ni la mer ni la montagne, mais je passai de chouettes vacances à Paris, avec ce petit chat que je baptisai Musil – en hommage à l'écrivain autrichien dont j'admirais l'œuvre et les désarrois.

De chouettes vacances donc – et puis seize chouettes années. Car Musil vécut vieux – et toujours là, pelotonné sur mes genoux, lové dans mon dos ou perché sur mon épaule. Quand je repense à la rédaction de mes premiers livres, *Les Écrivains contre l'écriture*, *Les Récidivistes*, *Si je m'écorchais vif*, c'est ce chat que je revois chaque fois, ce chat qui semblait mon ombre blanche et qui adorait dormir ou trôner, risible petit sphinx, sur mes manuscrits.

Un jour de janvier 2020, quelques semaines avant le premier confinement, je remarquai que Musil ne miaulait plus beaucoup, qu'il ne venait plus me voir. Je l'emmenai chez le vétérinaire, qui diagnostiqua un problème rénal. S'ensuivirent piqûres et prises d'antibiotiques. Mais son état ne fit qu'empirer. Le pauvre animal était parfois pris de convulsions. Il s'empoisonnait lui-même, car ses reins ne filtraient plus les toxines. Je ne savais que faire. Le vétérinaire, si : « Il faut le laisser partir. »

Dans ma famille, nous n'avons jamais su gérer la perte ou la disparition – c'est même tout le sujet de ce livre. Mais mon expérience avec Lucky m'avait endurci : je décidai d'affronter ce deuil, aussi modeste fût-il aux yeux du monde. J'allai trouver Jean-Renaud, le directeur des Éditions du Cerf, pour lui expliquer que mon chat allait être euthanasié le lendemain soir, et que je souhaitais passer une dernière journée avec lui. Je craignais qu'il ne se moque (on redoute toujours le rire et le jugement d'autrui dans ces moments-là), mais Jean-Renaud n'en fit rien. Il me répondit que je pouvais bien évidemment prendre ma journée. Mieux : que je le devais.

Je rentrai auprès de Musil, pour ces heures qui seraient nos dernières. Je ne sais faire qu'une chose dans l'existence : raconter des histoires. Alors, le lendemain matin, très tranquillement, je pris mon chat sur les genoux, je le caressai, et je choisis mes mots pour raconter toute notre histoire, depuis ce jour de juin où je m'étais promené sur le quai de la Mégisserie. Je convoquai tous mes souvenirs, je rappelai toutes nos mésaventures… Comme cette fois où il s'était enfui par la fenêtre, et où j'avais arpenté le quartier pendant des heures en l'appelant vainement. Ou cette autre fois où un pigeon s'était introduit dans l'appartement : Musil était devenu fou, renversant bibelots et cadres pour attraper l'oiseau apeuré. Je repensai aussi à ce séjour à Madrid que j'avais dû interrompre, car mes amis m'avaient appelé, affolés, pour me dire que Musil refusait de se nourrir depuis mon départ… Oh ! J'étais évidemment ridicule à monologuer ainsi devant ce vieux chat épuisé ; mais croyez-moi, ces derniers instants partagés avec lui avaient quelque chose d'infiniment tendre et de réconfortant.

Quand je n'eus plus rien à raconter, je m'allongeai sur le canapé, Musil contre moi, et m'assoupis devant un film – le dernier *Terminator*, je crois. À 18 heures, le cœur lourd, je l'installai dans sa caisse et l'emmenai chez le vétérinaire. Je l'embrassai beaucoup. Il ne me quittait pas des yeux.

Le vétérinaire me demanda de quitter les lieux.

Je fondis en larmes sur le chemin du retour, serrant contre moi la caisse dans laquelle j'avais transporté ce chat que j'avais tant aimé. Elle semblait plus lourde maintenant qu'elle était vide. Tous les passants dévisageaient ce type en pleurs marchant rue La Fayette. Je m'en moquais. Je m'effondrai sur le lit. Bien sûr, ma nuit fut blanche… Je ne dis rien de cette histoire à mes parents, cependant. Ou pas tout de suite. Bref, je fis comme eux. Dans la famille, la perte n'est vraiment pas quelque chose que l'on partage.

Quelques jours après la mort de Musil, je posai à Jean-Renaud une question qui me taraudait : les animaux possédaient-ils une âme ? Il ne se moqua pas du tout. Je crois même qu'il avait déjà réfléchi à la question, car il répondit avec assurance. « Enfin un vrai sujet ! Que faire des chiens, des chats, même des hamsters, des poissons rouges ? Est-ce qu'ils auront une place tout là-haut ? Je vais te dire : probablement. Je crois que loin d'être éphémère, la création entière est appelée à passer en Dieu. Elle n'est pas qu'un simple décor, qui sera abandonné à la fin de l'histoire, mais une réalité avec laquelle il faudra compter dans l'au-delà. » Que mon lecteur se débrouille avec cela.

Le docteur Rond

Pour mon père, tout commença de manière banale, comme pour tant d'autres j'imagine. Il découvrit un matin qu'il urinait du sang. Mes parents, toujours prompts à retarder une visite chez les médecins (« Quand on y va, ils trouvent toujours quelque chose ! »), n'eurent d'autre choix que de consulter leur généraliste, le docteur Rond, qui les suivait depuis plus de trente ans.

Assis dans le cabinet médical, entouré d'affiches dénonçant les méfaits du tabac et vantant les bienfaits d'une alimentation équilibrée, mon père s'agaçait à essayer d'ouvrir une boîte de Tic Tac. Il venait d'évoquer son problème. Le docteur Rond, sourcils froncés et lèvres pincées, l'interrogea doucement : « Vous ne buvez pas, pourtant. Et la cigarette, vous n'avez pas repris ? »

Mon père s'empressa de répondre que le tabac était bien de l'histoire ancienne, depuis presque vingt ans. « Un paquet par jour, dès quatorze ans, et jusqu'à cinquante-cinq ans : j'ai eu ma dose. » Il disait la vérité, mais il mentait en même temps. Mon père avait bien arrêté de fumer un paquet par jour, mais il nous arrivait parfois de le surprendre dans le garage, oisif, la mine coupable, une vague odeur de cigarette flottant autour de lui. Pris quasiment en flagrant délit, il niait avec aplomb – ce qui nous agaçait encore plus –, puis il filait à la salle de bains « pour se rafraîchir un peu », sous les remontrances de ma mère qui levait les yeux au ciel. « Louis, tu nous prends vraiment pour des imbéciles ? Tu l'as bien éteinte au moins, ta cigarette ? Ce type va mettre le feu à la baraque ! »

Comme ma mère, le docteur Rond n'était pas dupe. Il haussa les épaules et griffonna une ordonnance pour une batterie d'examens. Quelques jours plus tard, mon père passa donc une cystoscopie, puis une échographie prostatique et une IRM pelvienne. Je me souviens à quel point ce fut éprouvant pour lui, et douloureux déjà. Je l'imagine, allongé sur diverses tables d'examen, tentant de faire bonne figure alors que l'angoisse le rongeait.

Il fallut attendre plusieurs semaines pour obtenir les résultats. Pendant l'intervalle, ma mère alluma des cierges pour saint Antoine – c'était son saint, celui de sa mère, et donc un peu le saint de toute notre famille – et moi-même, un soir, en rentrant du travail, je cédai à ce rituel rassurant. (La vérité, c'est que j'aurais préféré m'adresser à mon propre saint, mais il avait un nom si complexe que je l'avais oublié.)

Une petite tumeur

Nous étions en mars 2021. Je m'en souviens car je venais d'être nommé aux Éditions de L'Observatoire. Je buvais ce jour-là un café sur le toit-terrasse de notre immeuble, boulevard du Montparnasse. Le ciel était d'un bleu limpide, presque insolent. Les rayons du soleil faisaient scintiller les toits parisiens. À gauche, on voyait la tour Eiffel se dresser dans sa robe de bronze ; à droite, le regard portait jusqu'aux tours Duo de Jean Nouvel, scintillantes elles aussi sous le soleil printanier. J'étais là, accoudé à la balustrade en acier, embrassant ce panorama, quand le nom de ma mère s'afficha sur l'écran de mon téléphone. Je décrochai. Peut-être aurais-je voulu lui raconter ma journée de travail, lui décrire ce tableau parisien qui s'offrait devant moi, mais les mots restèrent coincés dans ma gorge quand je l'entendis m'annoncer sans préambule ni précaution : « Ils disent que c'est peut-être une petite tumeur à la prostate. »

Je tentai de la rassurer, arguant qu'on était en France, pas au Maroc ou en Espagne[1], et qu'on avait

1. L'inquiétude rend trop souvent nationaliste ; et je demande ici pardon aux Marocains, aux Espagnols.

ici les meilleurs praticiens, les meilleurs hôpitaux. « Tout ira bien, ne t'inquiète pas », scandai-je avec une conviction que j'étais loin de ressentir. Ma mère opina. Je l'entendis tout de même ravaler ses larmes. Je demandai à parler à mon père : j'avais besoin d'entendre sa voix. Mais elle refusa : « Je suis désolée. C'est dur pour nous aussi. Je ne te passe pas ton père, il est trop affecté. » Une sensation de déjà-vu m'envahit : les mêmes mots, exactement, que le jour où ils m'avaient annoncé la mort de Lucky… Ma mère raccrocha. Je fixai l'horizon silencieusement. La tour Eiffel, les tours de Nouvel avaient perdu leurs couleurs et leur charme. Je priai tous les dieux auxquels je ne croyais pas pour qu'ils veillent sur mon père.

NFS, chimie, iono

La mort ? Mon père en avait une peur bleue. En 1997 déjà, un problème de santé l'avait fait vaciller : il souffrait d'angor spastique – c'est-à-dire que ses artères coronaires se contractaient parfois de façon soudaine. Son cœur alors s'emballait, ratait des battements, tel un oiseau affolé cognant aux parois de sa cage. Comme il fumait et qu'on redoutait le pire, il avait passé à la clinique de l'Archette près de trois semaines, ponctuées de tests d'effort (qu'il échouait souvent) et de nuits sous la surveillance d'un électrocardiogramme. J'allai le voir quelques fois, et constatai qu'il était terrifié. Est-ce qu'il avait vu son propre père à l'hôpital ? Est-ce que certains éléments se superposaient avec soixante ans d'écart ? Il ne m'en toucha jamais un mot, gardant ses secrets enfouis comme les billets dans le matelas de son enfance. De la mort, de la vie, de ses peurs et de ses joies, mon père était avare en confidences. Un coffre-fort émotionnel, fermé à double tour. Il revint à la maison avec des pilules à prendre à chaque repas, mais plus jamais il ne put regarder un film ou une série qui se déroulait dans une clinique, dans un hôpital. Dès qu'apparaissaient à l'écran les couloirs aseptisés, les chambres impersonnelles, les blouses blanches virevoltantes, dès que résonnait le moindre charabia médical (« NFS, chimie, iono… », comme dans la série *Urgences* que nous adorions pourtant), il se levait précipitamment, avec un grognement agacé (« Ah non, pas encore ! »), et nous plantait là, ma mère, ma sœur et moi, devant la télé qui continuait à raconter ces histoires de gens qu'on sauve à la dernière minute. Il filait probablement au garage, pour en griller une en douce, cherchant dans la fumée bleutée un bref répit à ses angoisses.

Aussi, quand le diagnostic tomba, ce fameux jour de mars 2021, quand les mots « tumeur » et « prostate » résonnèrent à ses oreilles, même précédés par « petite », par « peut-être », j'imagine l'expression de son visage, la panique liquide au fond de ses yeux, ses mains tremblantes agrippées aux accoudoirs, et son envie de s'enfuir à toutes jambes du cabinet du docteur Rond. Et sa satisfaction, aussi, enfin, d'avoir eu raison d'avoir peur, depuis toujours. « Mais il n'a pas vraiment réagi quand le médecin lui a révélé tout ça, me dit ma mère. Il a juste soufflé, plusieurs fois. – Ah bon ? Il a fait quoi ? – Juste Pff, Pff, Pff ! Comme un train. Mais beaucoup, quinze ou vingt fois. »

Mai-Louis-Mitterrand

Avril 2021. La France s'immobilisait dans un troisième confinement. Les rues étaient désertées, les commerces fermés, les visages dissimulés derrière des masques. Reclus dans leur pavillon, mes parents vivaient cette période avec une inquiétude mêlée d'incrédulité. « On n'a jamais vu ça, même au Maroc ! » ne cessait de répéter ma mère. « Là-bas, on a connu les attentats, les assassinats, les manifestations qui dégénèrent… Mais une épidémie pareille, un confinement général, non, jamais ! » renchérissait mon père. Leur univers volait une nouvelle fois en éclats.

Dans ce moment si singulier, la petite tumeur de mon père apparaissait bien moins importante que les autres problèmes du monde. Alors les choses n'avançaient pas. Les chirurgiens cherchaient en vain une date pour l'opérer. « C'est pourtant une intervention courante ! » répétais-je à ma mère. Au fond, je n'en savais rien.

Le Covid chamboulait les dates des baptêmes et des enterrements, retardait les sorties des films, la publication des livres ; alors imaginez le grand désordre dans le planning des opérations chirurgicales. Celle de mon père fut repoussée deux fois. Ma sœur harcelait le secrétariat du docteur Rond : « Il n'a pas le Covid, mais il va mourir à cause du Covid ! » Enfin, l'intervention fut programmée pour le 31 mai 2021. Ma mère souriait de nouveau, les augures lui semblant favorables : « En mai ! Tu te rends compte ? C'est un signe du destin ! »

Le sort n'avait pas dit son dernier mot. Débordé par l'afflux des patients Covid, l'hôpital d'Orléans ne pouvait plus assurer les opérations « non urgentes ». (« Une opération non urgente ! Ils appellent cela comme ça ! » Ma mère oscillait entre indignation et soulagement.) Le docteur Rond nous expliqua : « Il faut le transférer ailleurs, on n'a pas le choix. C'est ça ou reporter encore, peut-être après l'été... Par chance, il y a de la place au CHU de Dijon, à l'hôpital du Bocage. » Un silence, puis il reprit : « D'ailleurs, je dis n'importe quoi. Depuis deux ou trois ans, ils l'ont renommé. C'est devenu l'hôpital François-Mitterrand. »

J'entendis ma mère pousser un cri de joie. Mitterrand ! Et toujours le dernier jour du mois de mai ! L'alignement des planètes était parfait. Tout irait bien. Mon père, lui, restait mutique. Soulagé, peut-être, d'entrevoir le bout du tunnel. Ou plus angoissé encore à l'idée de se faire opérer loin des siens, dans cet hôpital au nom chargé d'histoire, qui ravivait en lui ses propres superstitions.

À un jour près

L'ambulance vint chercher mon père le lundi 31 mai, à 8 heures. Trois cents kilomètres avalés sans encombre jusqu'à Dijon, malgré le confinement et les contrôles de police. Mais là-bas aussi, le Covid avait chamboulé tous les plannings, et il était impossible de l'opérer le jour même… Il fallait patienter jusqu'au lendemain. Ma mère, ma sœur et moi, qui avions tous fait le trajet, étions consternés en apprenant la nouvelle. « Ce n'est vraiment pas grave, temporisa le chirurgien, on recule juste pour mieux sauter ! » Ses paroles se voulaient rassurantes ; pour nous, elles sonnaient comme un glas. Car le lendemain, on passait au mardi 1er juin. Nous étions expulsés du temps mitterrandien et miraculeux. Livrés au destin, sans plus aucune protection astrale ou élyséenne.

On ne pouvait tout de même pas attendre jusqu'au prochain mois de mai : mon père entra donc au bloc opératoire ce mardi-là, en milieu de matinée. Je restai dans un couloir, avec ma sœur et ma mère. Je m'efforçais de parcourir un magazine, mais les mots semblaient vidés de leur sens. Enfin, vers 17 heures, le chirurgien vint nous voir. Mon père était sorti du bloc. « On a fait le maximum, expliqua le médecin, très content de lui. On a "raclé" du mieux qu'on a pu. » Devant nos mines interdites, il crut bon de préciser : « Eh oui, c'est de la haute technologie, mais ça revient à ça quand même ! On racle, comme un jardinier avec sa binette ! » L'analogie n'était pas heureuse, ou alors mon imaginaire s'emballait. J'avais la nausée. « En tout cas, je voulais vous rassurer : on a fait vraiment tout ce qu'on a pu », conclut-il avant de s'éclipser. Sa formulation non plus n'était pas heureuse : cela ne nous rassurait absolument pas. En sortant du mois de mai, nous avions de toute façon perdu notre immunité. La malchance, l'infortune, le mauvais œil : tout était désormais possible.

Les dernières semaines

Tandis que mon père se remettait tant bien que mal de son opération dijonnaise, le docteur Rond demeurait également confiant : « À première vue, la chirurgie s'est très bien passée. Reste à voir comment vont se dérouler les prochaines semaines. » Ma mère guettait dès lors le moindre signe, le moindre frémissement sur le visage de son mari. Elle scrutait ses traits comme d'autres déchiffrent des présages dans le marc de café.

Le mois de juin passa sans incident majeur, mais l'appétit de mon père ne revenait pas. Ses kilos continuaient de fondre sans que les docteurs s'en alarment outre mesure – c'était l'été, après tout… Arriva juillet : mon père eut besoin d'une canne pour se déplacer. Une idée traversa l'esprit de ma mère : « Il faudrait que Gérard le touche ! » Gérard, mon cousin coupeur de feu, le fils de Pépé et Herminia, exilé depuis des années en Amérique… On chercha son numéro, on le trouva, on hésita, on l'appela. Mais il ne pouvait pas se déplacer. Pour le reste, il demeurait aussi confiant que les docteurs : « Tout va s'arranger ! Je sens d'ici que c'était juste le début de la maladie. » Il nous expliqua même comment procéder pour une imposition des mains à distance… Je me gardai bien de toute remarque, refusant de court-circuiter le processus par des interférences négatives.

À la fin du mois d'août, nous avons dîné tous ensemble pour fêter la sortie de mon nouveau roman. Installés sous la pergola, bien à l'abri des regards indiscrets, nous essayions de rire, de faire comme si de rien n'était. Ma mère m'appela dans la cuisine, l'air soucieux : « Comme ton père ne bouge plus trop du salon, on a acheté une nouvelle télévision – magnifique, très grande, branchée sur Internet. Mais cette nuit, j'ai rêvé qu'elle se cassait ! Qu'est-ce que ça veut dire ? Tu crois que c'est un mauvais présage ? » Face à son regard, je restai muet, absolument incapable de répondre. Ma mère soupira : « Dommage que Maruja ne soit plus avec nous, elle aurait pu déchiffrer mon rêve, et nous dire ce qui va se passer… »

Je retournai sous la pergola, le cœur lourd. Mon père feuilletait l'exemplaire que je venais de leur offrir du *Mode avion*. J'avais inscrit en dédicace : « Parfois, c'est vrai, on a envie de se déconnecter de tout. Moi : pas de vous. » Le pauvre flottait dans son jogging, le visage fermé.

Septembre passa, et puis même octobre, dans une valse d'allers-retours à l'hôpital, de changements de traitement et d'espoirs déçus. L'état de mon père se dégradait encore. Son corps disparaissait. Malgré tous nos efforts pour maintenir son moral, il s'enfonçait aussi dans un mutisme préoccupant. Corps, esprit, voix : il n'était déjà presque plus là.

Le dernier message

La dernière fois que j'ai discuté avec mon père, c'était sur WhatsApp, pour un problème technique. Il essayait de connecter sa nouvelle télévision à Internet, mais il n'y arrivait pas. Alors il m'a laissé ce message vocal que je n'effacerai jamais : « Laurent, désolé de te déranger au travail. Je ne comprends rien : la télé me demande de prouver que je ne suis pas un robot… Je te jure… Comment dois-je faire pour lui répondre ? » Sur le moment, j'avais souri. Son message m'avait paru une assez belle métaphore du grand problème de la vie. *Prouver que l'on n'est pas un robot…* Mais non, mon père évoquait simplement le Captcha apparu sur l'écran de sa télévision. Rien de plus. On a connu mieux comme *ultima verba.*

Le dernier jour

Le dernier jour fut le 16 novembre 2021. J'étais attablé à un café, devant le métro Port-Royal, en compagnie d'un de mes auteurs. M. débordait d'idées pour son premier livre d'économie, mais il lui manquait un concept unificateur. Je lui proposai « Le Grand Vieillissement » ; il accepta en riant, visiblement séduit par la formule. Jamais je ne lui dis pourquoi je songeai à ce thème. À présent il le sait.

Mon téléphone sonna. C'était ma sœur, en larmes. Elle hoqueta : « Il faut que tu viennes voir papa, dès demain si tu peux. Il ne passera pas les prochains jours. »

J'avais décroché machinalement, sans m'être levé ni éloigné de la table où nous étions. Je sentais le regard intrigué de M. sur moi, tandis que ma sœur me suppliait encore de faire au plus vite. Une part de moi refusait d'y croire. Les gens de ma famille n'étaient-ils pas coutumiers des pronostics alarmistes ?

Avec une délicatesse dont je lui serai longtemps reconnaissant, M. ne posa pas de question, et écourta notre rendez-vous. Je pris un billet de train pour le lendemain à la première heure, car le soir même j'étais attendu pour le lancement du nouveau livre d'un ancien Premier ministre… Malgré l'angoisse qui me serrait la gorge, je ne pouvais me résoudre à annuler cette obligation professionnelle. Était-ce par peur de décevoir, par souci de ne pas me dérober à mes responsabilités ? Ou par lâcheté, pour retarder la confrontation avec la maladie, avec la mort qui rôdait ? Toujours est-il que je fis une brève apparition à cette soirée, dissimulant mon trouble tant bien que mal.

Quel piètre acteur je fus ! Au milieu de cette foule joyeuse et insouciante, l'image de moi buvant une coupe de champagne, sur ce toit-terrasse du boulevard du Montparnasse, me parut très vite grotesque et même obscène. La honte me submergea.

Je quittai la réception pour m'isoler dans mon bureau, un étage au-dessous. Je ne retins pas longtemps mes larmes. C'est cela, je crois, ce que Proust appelle « les intermittences du cœur » : ce temps de latence qu'il faut aux mots pour cheminer de l'oreille au cœur, ce décalage entre l'instant où l'on apprend une nouvelle et celui où on la ressent vraiment, au plus profond de soi.

En rentrant chez moi, je fis un détour par l'église Saint-Laurent, près de la gare de l'Est. J'étais en quête d'une statue de saint Antoine. Face à son visage bienveillant, cerné de bougies offertes par d'autres âmes en peine, je murmurai une prière maladroite : « Saint Antoine, mon père est très malade. Ma sœur dit qu'il va mourir. Soignez-le, je vous en supplie. » Je gardai le silence un instant, réalisant l'ineptie de ma requête, avant de reprendre : « Soignez-le, si cela est en votre pouvoir… Mais si vous ne pouvez vraiment rien faire, si tout espoir est vain à présent, épargnez-lui au moins de souffrir davantage. » Je restai agenouillé dans l'église un long moment. Dehors, la nuit était tombée, froide et humide.

À peine avais-je franchi le seuil de mon appartement que mon téléphone sonna de nouveau. Ma mère, la voix blanche, tremblante : « L'ambulance vient de récupérer ton père. Il n'allait vraiment pas bien. Il respirait mal. Je l'entendais : "Pff, pff, pfff, pfff, pfff." Ils ont dû le transférer à l'hôpital d'Orléans pour le garder en observation cette nuit. » Un silence. Puis, dans un souffle à peine audible : « Viens vite, mon Laurent. Viens très vite : je crois qu'on arrive à la fin. »

La mort de mon père

Les docteurs ce soir-là n'ont rien pu faire. Saint Antoine non plus. Ni Gérard, le coupeur de feu. Le téléphone a sonné une dernière fois, vers minuit. C'était encore ma mère. Avant même de décrocher, vu l'heure tardive, je savais ce qu'elle allait m'annoncer. J'ai décroché tout de même, la main tremblante, la gorge nouée. Elle m'a juste dit, d'une voix épuisée : « C'est fini. Papa est mort. »

Je suis resté sans voix. Les mots se bousculaient dans ma tête, mais aucun ne franchissait la barrière de mes lèvres. J'ai bredouillé étonnamment : « Je suis désolé. » Désolé pour quoi ? Pour mon père, pour elle, pour nous tous ? Pour mon impuissance, mon incapacité à trouver les mots justes dans un tel moment, moi pourtant éditeur, écrivain ? Il était trop tard pour attraper un train et rejoindre Orléans. Je promis à ma mère d'être là dès le lendemain.

Après avoir raccroché, je me suis effondré sur mon lit et j'ai pleuré, longtemps, beaucoup, comme je n'avais peut-être jamais pleuré. Des sanglots convulsifs qui me secouaient tout entier. Je pleurais pour mon père, qui avait quitté ce monde sans que je puisse lui dire adieu. Je pleurais pour cette opération sans cesse repoussée, pour ce mois de mai devenu juin, et pour ce chirurgien qui s'était pris pour un jardinier. Je pleurais pour le grand vieillissement, qui engloutit tout, pour les Captcha qui demandent de prouver ce que nous ne sommes pas, pour la coupe de champagne dans ma main distraite. Je pleurais pour ma sœur, et pour ma mère, que j'avais sentie si fragile, si démunie, et qui allait devoir apprendre à vivre seule, après cinquante ans de mariage. Je pleurais ; je ne cessais de pleurer.

Les préparatifs de l'enterrement

À Orléans, où j'arrivai après une nuit blanche, les journées passaient très vite, pourtant infiniment longues – remplies mais vaines.

On me demanda si je voulais voir mon père une dernière fois. Je refusai tout d'abord.

Il fallut nous rendre aux pompes funèbres. Installés sur d'horribles canapés verts, nous restions très silencieux, ma mère, ma sœur et moi. Deux conseillers s'approchèrent pour nous présenter leurs condoléances. Ils s'apprêtaient à nous montrer sur catalogue leurs différents services, quand ma mère se souvint de la médaille de saint Antoine que mon père portait toujours autour du cou. Elle l'exigea immédiatement. « On ne peut pas l'enterrer avec cette médaille en or ! »

Elle qui ne demandait rien, jamais, haussait le ton devant les deux employés qui acquiescèrent et disparurent derrière une porte – pour revenir dix minutes plus tard, penauds. « Nous n'arrivons pas à détacher le fermoir… » Je sursautai. Ainsi, mon père était là, tout à côté ? Sans vraiment saisir pourquoi, je fus terrifié. L'un des employés demanda : « Nous donnez-vous le droit de couper la chaîne avec une pince ? »

Ma mère hocha la tête puis, en mettant sa main près de sa bouche, elle murmura à notre intention : « Son fermoir s'est toujours parfaitement verrouillé, et parfaitement ouvert. Toujours ! Vous voyez : il aimait beaucoup cette médaille. » Je me levai du canapé pour ne rien répondre. Pendant que les employés s'affairaient de l'autre côté, je me mis à déambuler dans les rayons. Partout de faux bouquets de fleurs, des monuments en marbre, en granit, des vases aux formes diverses (cœur, nuage, chat, chien), des plaques déjà gravées, prêtes à l'emploi (« Au meilleur des frères », « À mon oncle adoré », « Adieu grand-père »…). Chaque objet était affublé d'un prix, parfois d'une promotion, et je sais bien qu'il n'y a pas à en être offusqué. Je détournai tout de même la tête.

Il fallait choisir le cercueil. Ni ma sœur ni ma mère n'en avaient la force, c'est moi qui m'y collai. On me conduisit dans une autre salle, plus petite, assez sombre, où des cercueils coupés en leur moitié, sur la longueur, étaient accrochés aux murs. Je décidai d'aller au plus vite, pour ne pas souffrir davantage et pour ne pas attacher trop de sentiments à ces objets funéraires.

Les cercueils portaient divers noms, évoquant des villes ou des régions. L'un d'eux s'appelait « Málaga ». Parfait, cela rappelait l'Espagne. Je trouvai un capiton avec de fines arabesques : très bien. Puis une gerbe de fleurs qui m'évoquaient celles que mon père imprimait parfois sur des affiches : vendu. Je crois qu'en un quart d'heure tout fut réglé. Je me débarrassai de ces symboles, comme s'il était possible de se débarrasser du symbolique…

Il fallait aussi songer à l'enterrement religieux : c'est là que le hasard vint jouer un nouveau tour. Deux jours avant la cérémonie, le prêtre me donna rendez-vous dans la sacristie de l'église Saint-Marceau pour choisir le déroulé des obsèques, les textes et les chants. Je m'y rendis, sans ma mère ni ma soeur. On posa devant moi un volume relié, rempli de divers extraits bibliques, de paroles du Christ et de psaumes, en m'invitant à y puiser l'inspiration. Je regardais la couverture de ce livre, intrigué par un sentiment de déjà-vu. Évidemment : le prêtre m'avait tendu *Célébrations pour les défunts*, un recueil que j'avais moi-même édité chez les dominicains, aux Éditions du Cerf !

Un livre dont j'avais validé chaque élément de maquette, choisi chaque texte, corrigé chaque page… Si j'avais su, quatre ou cinq ans auparavant, en calibrant les extraits qui allaient figurer dans ce recueil, que je prenais ainsi un peu d'avance sur mon malheur ! Je ne pus m'empêcher de sourire en soupesant ce volume qui revenait dans ma vie, sous l'œil interloqué du curé.

J'eus enfin besoin de dire adieu à mon père. La veille de l'enterrement, j'allai donc le voir, seul, sans prévenir personne. J'entrai très lentement dans la chambre funéraire. Il faisait sombre, l'air était sec. Ma gorge se serrait. Mais je dois avouer ma stupeur : j'avais connu mon père dans le mouvement du monde et l'éclat du soleil ; et celui qui gisait alors devant moi, non, vraiment, ce n'était pas lui. J'avais devant moi, allongé sur un petit lit blanc, un vieil homme très maigre, à la peau jaune, et immobile, non riant, non vivant : absolument méconnaissable. Pendant plusieurs secondes, je fus même soulagé : « Il n'est donc pas mort ! Ces imbéciles à l'hôpital l'ont confondu avec quelqu'un d'autre ! » Le lecteur comprendra-t-il ce que j'écris là ? C'est par cette illusion, par ce mensonge à moi-même, ce fol espoir, que je tins le coup. Quelques secondes. Puis je m'effondrai.

L'enterrement

« Les gens sont adorables, dit ma mère : j'ai l'impression que tout le monde est là. »

Je n'osais pas les regarder en face, tous ces gens rassemblés devant l'église Saint-Marceau. Mais c'est vrai que toute la famille semblait réunie.

Lentement, presque à contrecœur, la procession s'ébranla et pénétra dans l'édifice. Les voûtes en berceau, les colonnes massives, les fresques représentant la vie du Christ : tout revêtait ici une dimension tragique qu'il me semblait découvrir pour la première fois. Lorsque les gens furent installés sur les bancs de bois, un silence entrecoupé de sanglots s'abattit sur l'assemblée. La messe commença. Mais personne n'avait le cœur à prier ou à entonner les chants que le diacre s'évertuait à initier, agitant les bras tel un chef d'orchestre désemparé face à des musiciens en grève. Même le prêtre, que j'imaginais pourtant rompu à l'exercice, peinait à insuffler à cette foule un semblant d'espérance avec ses promesses de résurrection et d'amour infini.

Prostrée sur son banc, ma mère semblait avoir perdu toute envie de communiquer avec les autres. On sentait qu'elle était abasourdie par l'intensité de sa douleur. La voyant ainsi, et ne sachant que faire, ma sœur se pencha vers moi et murmura une phrase magnifique, en fait juste deux mots : « Fichu *polvito.* »

Vint le moment de réciter le *Notre Père*, et je fus surpris d'entendre les mots de cette prière millénaire prendre dans ma bouche un sens nouveau. « Notre Père qui es aux cieux »... Je regardai ma sœur : ces paroles répétées machinalement depuis l'enfance, c'était la première fois qu'elles disaient vrai.

Ce que je craignais (et qui était prévu) arriva : on m'appela pour prononcer l'éloge funèbre. En grimpant sur l'ambon, mon regard embrassa l'assemblée. Oui, ils étaient vraiment tous là. Mes tantes et mes oncles, Eulalie, Daniel, Michel, Patricia, Jeannette, Angèle. Même Antonio et Salvador. Même Herminia et Pépé, sur leurs fauteuils roulants. Même leur fils Gérard, le coupeur de feu, qui n'avait pu se déplacer quand mon père était malade. Je reconnus également Pampi derrière une colonne, et toujours en chemise bariolée. Il devait se demander si cette petite église n'enfermait pas un grand trésor… J'aperçus aussi Juan-Jo, le voisin de Gandia, sans sa fameuse plante… Tous, je les observai tous, ces visages familiers, accablés, marqués par le chagrin, et une question me traversa l'esprit.

Croyaient-ils encore, tous autant qu'ils étaient, à ces forces supérieures auxquelles ils vouaient un culte fervent ? À les voir ainsi prostrés, ravagés par la douleur, il était évident qu'ils nourrissaient plutôt les mêmes doutes que moi sur la vie, sur le destin, et sur l'au-delà. Au fond d'eux-mêmes, ils savaient que l'existence était sans règles, hasardeuse, et que la mort n'offrait aucune échappatoire ; qu'elle était juste la fin, irrémédiable, définitive. Plante magique, médaille porte-bonheur, chaussettes rouges, plat de lentilles : on avait inventé toutes ces choses parce qu'on ne pouvait justement rien changer à rien. On naissait un jour ; on vivait un peu, sans rien contrôler ; un autre jour on mourait ; et voilà : coincé entre deux dates sur une pierre tombale, on n'était plus que quelqu'un qui n'était plus. Tous ici le comprenaient enfin, semble-t-il.

J'étais là, devant eux. Ils attendaient que je parle de mon père, que je trouve les mots justes, que je les réconforte. J'aurais plutôt voulu leur avouer ma colère. Leur crier à tous : « Vous voyez ? C'est moi qui avais raison, et c'est vous qui aviez tort ! Vos superstitions n'ont servi à rien. Car où sont-ils, tous ces esprits censés nous protéger des drames et des malheurs ? Où sont-elles, ces forces supérieures ? Quelle farce tout de même, vos reliques, vos amulettes, vos rituels ! Marchands d'espoir : voilà que mon père est mort, emporté par la maladie. Voilà que ma mère gémit du matin au soir. Et voilà que nous pleurons tous ce qui jamais ne peut s'empêcher d'arriver. Comme j'ai honte de vous avoir crus. J'étais un enfant et vous m'avez menti ; vous m'avez berné avec vos contes, m'empêchant de voir la vie telle qu'elle était. »

Oui, j'aurais voulu leur dire qu'il était temps de grandir, d'ouvrir les yeux. Que le malheur, la maladie et la mort frappaient toujours, partout. Que c'était si courant que ce n'était peut-être pas si grave. Qu'aucune superstition, aussi exotique ou ancestrale fût-elle, n'y pouvait rien changer. J'aurais voulu leur dire tout cela, tandis qu'ils faisaient enfin silence et qu'ils m'écoutaient, le visage baigné de larmes ; mais on ne m'a pas donné le goût du scandale. Alors je me contentai de quelques phrases convenues, sur les qualités de cœur de mon père, sa générosité, sa bienveillance. La belle oraison d'un fils éploré. Tout le monde parut satisfait. Évidemment : je n'avais pas éventé leur petit secret.

Le balai retourné

La cérémonie funèbre achevée, le cercueil mis en terre, il fallait encore accueillir les gens à la maison, les recevoir correctement. Ma mère semblait très stressée à l'idée d'échouer dans cette dernière épreuve. Pour moins penser à mon père, elle avait essayé de penser à tout. Le traiteur avait été réservé, des bouteilles de vin commandées, on était même monté au grenier chercher des chaises et des tabourets supplémentaires…

Le cœur en berne, j'observais encore les invités. Ils souriaient avec réserve ou chuchotaient entre eux. Chacun semblait soulagé d'avoir une tâche à accomplir, un verre à boire, un petit four à grignoter. L'orage était passé, le ciel s'éclaircissait dans leurs yeux ; bientôt, leur vie reprendrait son cours, ailleurs, loin des églises et des tombes. Loin des enfants qui viennent de perdre leur père.

Pampi s'approcha de moi. Il m'embrassa et dit d'un ton admiratif : « Ton discours était émouvant et très juste, bravo. Si un jour je meurs, je voudrais exactement la même cérémonie. » Ce « Si un jour je meurs » était d'un optimisme troublant, peut-être déplacé en de telles circonstances.

Étranger à moi-même, je circulais avec les plats, m'acquittant de mon rôle. Tel un automate bien remonté, je proposais, servais, débarrassais. Soudain, je réalisai que ma mère avait disparu du salon. Pris d'un mauvais pressentiment, je me dirigeai vers le couloir, puis la cuisine. Elle se tenait derrière la porte, un balai à la main. Devant mon air interloqué, elle m'expliqua à voix basse : « Je mets le balai à l'envers pour qu'ils partent plus vite. Quelle journée ! Je ne sais pas toi, mais moi, vraiment, je suis exténuée. »

VII

La mort derrière nous

La mort de la mort de mon père

Mon père n'a pas mis longtemps avant de faire signe à ma mère, depuis l'au-delà. Ces choses ont commencé quelques semaines après l'enterrement, aux alentours de Noël. J'étais venu passer le week-end à Orléans et, au beau milieu du déjeuner, sans précaution oratoire, ma mère m'expliqua que les deux horloges de la cuisine et de la salle de bains s'étaient arrêtées exactement à la même heure – à l'heure précise, assurait-elle, où l'ambulance était venue chercher mon père… « C'est quand même incroyable, non ? » demandait-elle. Je voyais dans ses yeux une lueur d'espérance, comme si cette coïncidence ouvrait une brèche dans le voile opaque de la mort.

L'incident de la chaîne hi-fi survint quelques semaines plus tard. J'étais allé voir ma mère la veille, et je fus surpris qu'elle m'appelle dès le lendemain de ma visite. « Laurent, tu ne sais pas ce qui s'est passé hier soir ! La chaîne hi-fi du salon s'est allumée toute seule, à fond, en pleine nuit ! Et devine quoi ? C'était Julio Iglesias qui passait ! » Elle riait presque au téléphone, malgré sa frayeur nocturne. Je l'écoutais, la gorge serrée. Je repensais au remue-ménage que j'avais fait la veille en tentant de rebrancher la nouvelle télévision (encore elle)… Les câbles s'étaient entremêlés derrière le meuble, et dans ma maladresse, j'avais dû débrancher puis rebrancher la chaîne hi-fi sans le vouloir. L'horloge interne s'était réinitialisée, mettant l'alarme à minuit. Par conséquent, à minuit pile, la chaîne hi-fi s'était allumée… (Il est vrai que je n'ai pas d'explication pour Julio Iglesias.)

Je n'osais pas détromper ma mère. À quoi bon lui gâcher le réconfort qu'elle puisait dans l'idée d'un clin d'œil de son mari ? Je l'imaginais, sursautant dans son lit, au beau milieu de la nuit, entendant soudain la voix suave du chanteur préféré de mon père… Un frisson formidable avait dû la parcourir, mélange de peur et d'espoir.

Une autre fois, alors que nous nous promenions tous les deux autour du lotissement, j'ignore ce qui m'a pris. Pointant du doigt le ciel, j'ai murmuré : « Tu as vu ce nuage, là-bas ? On dirait le profil de papa. » Ma mère a levé les yeux, puis, avec un demi-sourire, elle a dit : « Ah oui ! Carrément. Je reconnais son front. C'est un signe. » Un signe de quoi ? De la présence bienveillante de mon père ? D'une intervention divine ? Ou simplement du hasard qui se jouait de nous, une fois de plus ? Les signes, hélas, sont comme les mirages dans le désert : chacun y voit ce qu'il veut – ce qu'il peut. Toute mon enfance, j'avais été bercé par les superstitions de ma famille, leurs croyances ésotériques, leur quête éperdue de sens.

À présent que j'étais confronté à la disparition de mon père, je comprenais mieux : pour rendre l'univers supportable, il fallait inventer des histoires où toutes les lois de l'univers étaient bafouées… Pourtant, une part de moi regrettait d'avoir montré ce nuage à ma mère. N'étais-je pas en train d'entretenir de faux espoirs, de l'encourager sur cette pente où elle glissait déjà ? Vraiment : il faudrait apprendre à se taire parfois. À garder pour soi ces petits moments d'absurdité, ces misérables clins d'œil du destin.

J'ai regardé ma mère, son pas soudain plus léger, son visage apaisé par ce grand nuage protecteur au-dessus de nous – et j'ai su que je n'aurais pas le cœur, pas tout de suite en tout cas, de briser ses illusions.

J'ai pressé légèrement son bras, en un geste de connivence, sans rien dire.

Un petit chat me suit

Je me dois d'être sincère envers mon lecteur : il n'y eut pas que ce nuage qui obscurcit ma raison, et je manquai une autre fois de sombrer dans les abîmes du mysticisme – à cause d'un chaton.

C'était toujours à Orléans, quelques jours après l'enterrement de mon père. Encore étourdi par le chagrin, j'étais sorti pour acheter du pain, et dans l'espoir qu'un peu d'air frais parviendrait à me changer les idées. Je marchais à pas lents. Le paysage défilait, familier et pourtant singulièrement distant.

Sur le chemin du retour, ma baguette à la main, j'aperçus près d'une vieille serre un chat minuscule, noir, frêle. Il humait l'air avec ses moustaches. Sa queue, dressée en un point d'interrogation, semblait questionner l'univers tout entier. Les bras encombrés, je ne pus me baisser pour le caresser ; je me contentai de le flatter d'un mot gentil, avant de poursuivre mon chemin, l'esprit déjà ailleurs.

Mais voilà que le petit chat me suivit. Quand je pris la rue du Blinet, il prit la rue du Blinet. Quand je m'engageai sur l'allée du Moulin, il s'engagea sur l'allée du Moulin. Quand je tournai à gauche, sur la voie du Bois-Girault, il tourna à gauche sur la voie du Bois-Girault. Oh ! il ne me poursuivait pas, il ne me courait pas après : il sautillait à mes côtés, sans jamais s'écarter, comme si ma présence lui était devenue indispensable. Parfois, il passait entre mes jambes ; je craignais de lui marcher dessus, mais il était d'une agilité déconcertante.

Arrivé devant le pavillon familial, je rentrai dans le jardin : il passa au travers des grilles du portail, sans manifester la moindre peur. C'était si étrange, ce chaton qui refusait de me quitter, qui s'attachait à mes pas comme si j'étais devenu son maître !

Ma mère, en l'apercevant, fut saisie d'une frayeur quelque peu exagérée. Il faut redire que le petit chat était noir et, pour elle, cela ne pouvait être qu'un mauvais présage. « Éloigne-le de la maison ! » me dit-elle d'une voix tremblante. J'obéis à ma façon, en apportant à l'animal un peu de lait dans une assiette, au fond du jardin… Puis j'essayai de faire partir ce chat que j'avais accueilli et que je rejetais maintenant, le cœur lourd de cette trahison. : « Allez, ouste, retourne chez toi à présent ! »

Je m'en voulais beaucoup. Je filai dans ma chambre, submergé par une tristesse que je ne comprenais pas moi-même. Je pleurai de fatigue. Je pleurai parce que ce chaton m'avait suivi loin de la vieille serre où il semblait vivre, parce qu'il ne savait peut-être pas y retourner, parce qu'il m'avait offert quelque chose comme sa confiance, son amitié, et parce que j'en avais été très peu digne, cédant facilement aux réprimandes de ma mère… Épuisé par toutes ces émotions, je finis par m'endormir, d'un sommeil agité et guère réparateur.

Le lendemain matin, la voix de ma mère me tira de mon lit. « Laurent, viens m'aider ! » l'entendis-je crier dehors. Je me précipitai vers notre terrasse, le cœur battant, et là, je découvris le petit chat noir, blotti au creux d'un coussin, sur un fauteuil en jonc – le fauteuil préféré de mon père… Ma mère, paniquée, me suppliait : « Fais-le disparaître ! » mais je n'en avais plus la force.

Je ne suis pas idiot, et je ne crois guère en la métempsychose. Je sais bien que mon père n'était pas revenu déguisé en petit chat noir (il les détestait d'ailleurs, tout comme ma mère). Mais le fait que ce chat me suivit, et qu'il soit revenu, qu'il m'ait attendu sur ce fauteuil, avait quelque chose de troublant, de beau et de doux à la fois. Comme un possible recommencement, le printemps après l'hiver. Je ne peux vraiment pas expliquer pourquoi cette pensée m'est venue, mais oui, j'ai songé follement, l'espace d'un instant : « Voilà peut-être un signe qu'il me fait… » Tandis que je me perdais dans ces réflexions, ma mère s'empara d'une casserole et se mit à frapper dessus pour faire fuir le petit chat, brisant ainsi la magie de l'instant.

Le petit chat s'enfuit.

S'il n'était pas un messager, cet animal avait tout de même un message, et je crois que je l'ai reçu. J'avais toujours pensé que les gens devenaient plus croyants à l'approche de leur mort, mais j'avais été sot, car je manquais d'expérience. C'est quand leurs proches disparaissent que les gens se mettent à espérer et à croire, à chercher un sens à ce qui n'en a pas.

Ce sont les gros coups du sort qui font croire que le sort existe.

J'ai souvent, par la suite, dans une petite assiette au fond du jardin, versé du lait ou le reste d'une boîte de thon, dans l'espoir de le voir revenir. Rien n'y fit : après cet épisode, le petit chat noir ne reparut jamais.

F.F.F.F.F.

Quelques semaines après l'enterrement, il fallut encore accomplir cette tâche douloureuse : trier les effets personnels de mon père.

En rangeant ses placards, ses tiroirs, nous retrouvâmes ses chemises, ses pantalons en velours côtelé ; car nous nous étions habitués aux joggings et sweat-shirts qu'il portait à la fin, quand la maladie l'avait tant amaigri. Chaque vêtement semblait encore imprégné de sa présence, faisant ressurgir en nous une multitude de souvenirs et d'anecdotes. Son absence se matérialisait à mesure que les étagères se vidaient.

Donner, jeter, trier le linge : tout cela fut accompli finalement sans trop de peine. Ce fut dans la salle de bains que la tâche me parut impossible : on y trouvait son rasoir, son peigne, sa brosse à dents... Jeter tous ces objets si intimes me paraissait un sacrilège. Je mis toutes ces affaires dans un sac, et le rangeai dans un placard.

Vint le moment de vider sa table de chevet. Entre un baume contre les rhumatismes, un casque audio et une chevalière gravée à ses initiales, cadeau de ma mère pour ses cinquante ans, je découvris une photographie qui attira mon attention. Elle immortalisait un voyage en Corse, dans les années 2000. Mon père y apparaissait seul, le teint hâlé, devant une demeure de pierre aux murs épais et aux volets bleus. Il arborait une expression amusée, tout en désignant de la main une assez large plaque de laiton fixée au mur, sur laquelle on pouvait déchiffrer cette inscription : « F.F.F.F.F. »

Je montrai le cliché à ma mère, qui s'exclama d'une voix mélancolique : « Ah ! Je me souviens de ces vacances... Nous visitions Porto-Vecchio. Ton père avait été très intrigué par cette plaque ; il m'avait demandé de le prendre en photo devant. Il a ensuite passé des jours entiers à chercher la signification de ces cinq lettres... »

Je contemplai à nouveau le cliché, intrigué moi aussi par ce curieux sigle répétitif.

Cinq « F » parfaitement alignés.

Connaissant le penchant de mon père pour les superstitions et les signes cachés, je ne doutais pas que cette énigme avait dû le tarauder, l'obséder même.

Nous vivons à une époque où presque toutes les questions trouvent leurs réponses – grâce à Google. Une rapide recherche, plus rapide assurément que celle de mon père, me permit de déchiffrer ce cryptogramme corse.

F.F.F.F.F., cela voulait dire là-bas : *Furtuna Fà mi Fà Felici Fini.*

Furtuna Fà mi Fà Felici Fini, cela voulait dire ici : *Fortune, fais-moi faire une fin heureuse.*

Je révélai cette découverte à ma mère. Elle réfléchit un instant, puis son visage s'éclaira : « Tu as raison ! Le Corse à qui on avait loué l'appartement nous l'avait expliqué. Il disait qu'on trouvait cette inscription sur beaucoup de vieilles maisons. Une fin heureuse… Un happy end… Ton père avait trouvé la formule très belle, très juste, même si ce vœu semble évidemment impossible à exaucer. »

La soirée se déroula paisiblement. J'étais heureux d'avoir découvert ce premier secret ; mais c'est en me couchant qu'une autre révélation me frappa.

F.F.F.F.F.

Et si, durant ses derniers mois, lorsque le docteur Rond lui avait diagnostiqué sa tumeur, lorsque les ambulanciers étaient venus le chercher, tous ces moments où nous l'avions entendu soupirer, haleter, souffler comme si l'air lui manquait… Et si, en réalité, mon père ne gémissait pas seulement de douleur ?

Se pouvait-il qu'il ait répété inlassablement ce très vieux mantra corse, murmurant avec ferveur ces cinq F mystérieux – sans que personne ne l'ait compris ?

Fortune, fais-moi faire une fin heureuse.

Michel Leiris et moi

Je ne sais pas si cela se voit, mais il y a en moi une grande, une immense colère, contre à peu près tout ce qui existe, les gens, les choses et les étoiles. Puisque je n'arrive pas vraiment à extérioriser cette colère, je vais me contenter de citer Michel Leiris, qui se laissa aller une seule fois dans son *Journal*, à la date du 26 mars 1925 :

« Je suis sur terre, serré entre naissance et mort, comme entre les planches d'un cercueil où je tremble de peur. Et j'emmerde tout ce que j'ai écrit jusqu'à présent sur ce cahier, les phrases prétentieuses que m'a dictées je ne sais quelle incommensurable connerie. Merde pour la vie con du Seigneur j'encule la mort l'univers me fait chier salopes et putasseries d'étoiles je vous enquiquine et vous pisse dans le vagin grande pouffiasse de pesanteur je te dégueule et je te chie dans la bouche. »

Voilà, sachez-le : c'est exactement cette colère qui brûle en moi.

Open bar

Après avoir rangé les placards de mon père, je me résolus à explorer sa réserve de bouteilles de vin. Elles trônaient dans la salle à manger, alignées dans un meuble en chêne tel un bataillon de soldats prêts à livrer bataille contre la soif et l'ennui. On comptait une quarantaine de bouteilles, principalement des vins rouges : des bordeaux des années 1980, des côtes-du-rhône des années 1990, quelques bourgognes du début des années 2000. Presque trente ans d'histoire bachique ! J'avais toujours vu mon père choyer ces bouteilles, répétant avec cette conviction qui n'appartient qu'à ceux qui ont fait de l'attente une vertu : « Nous en déboucherons quelques-unes pour une grande occasion. » Hélas, ces grandes occasions s'étaient dérobées sans cesse, ou alors mes parents en avaient toujours attendu une plus grandiose encore, et l'on avait repoussé indéfiniment ces instants où le bonheur, enfin, eût consenti à se laisser boire…

Depuis que mon père avait quitté ce monde, je m'efforçais de rendre visite à ma mère plus souvent, conscient de la solitude qui pesait sur elle. J'essayais de l'égayer ; ainsi, lors d'un de nos déjeuners dominicaux, je lui réclamai du vin. « Ouvrons une des bouteilles de papa, sans quoi nous ferons la même erreur que lui, et elles nous survivront ! » Deux ou trois ans plus tôt, ma mère m'aurait elle aussi conjuré de patienter, de ne point gâcher un si délectable breuvage pour un repas si ordinaire. Mais elle voyait les choses différemment désormais, comme si la disparition de son époux avait fait voler en éclats ses certitudes, laissant place à une nouvelle appréhension de la fuite du temps. Elle s'exclama presque en battant des mains : « Excellente idée ! Choisis-en une et sers-nous un verre ! »

J'ouvris le fameux meuble et m'aventurai dans cet univers de promesses liquoreuses. Quel vin choisir pour accompagner l'omelette que nous allions déguster ? Je m'emparai tout d'abord d'un côtes-du-rhône 1995. J'enfonçai le tire-bouchon dans le liège rendu friable par les années. Un léger crissement se fit entendre. D'un geste ferme et délicat, je retirai le bouchon, libérant un petit « pop » qui résonna à nos oreilles. Il fallait bien faire les choses. Avec une lenteur toute mesurée, je fis tournoyer le liquide pourpre dans une carafe en cristal, observant sa robe profonde qui accrochait la lumière, ses jambes épaisses qui couraient sur les parois. Enfin, je nous servis deux verres, contemplant avec émerveillement la couleur du breuvage, ses nuances rubis et grenat : un trésor liquide, qui s'offrait à ma mère et moi dans toute sa splendeur. Nos regards se croisèrent par-dessus les verres. Nous étions bien conscients de la solennité de l'instant.

Hélas : dès la première gorgée, un rictus déforma mon visage. Un goût infâme, évoquant la boue et le verjus, avait envahi mon palais. « Laisse-le s'aérer, cela ira sûrement mieux ensuite », tempéra ma mère avec cette bienveillance qui la caractérisait – mais je devinais à son regard qu'elle savait, comme moi, que le miracle ne se produirait pas. J'ouvris une autre bouteille : elle était pire que la première. Puis une autre, et une autre encore, comme si persévérer dans cette quête pouvait conjurer le sort. Je voulais trouver ce Graal liquide qui allait contredire cette mauvaise blague. Un côtes-du-rhône 2002 ? Exécrable. Un bourgogne 2004 ? Immonde. Notre table se couvrait de bouteilles ouvertes et aux trois quarts pleines. Qu'importe : je poursuivis ma quête. À l'intérieur d'une bouteille de chinon, le vin s'était mué carrément en vinaigre. « Celui-là, osa ma mère, je vais le garder pour le mettre dans la salade. » J'enrageai. Encore une bouteille… Encore une autre… C'était open bar, et cette orgie de médiocrité me laissait pantelant, étourdi par tant de gâchis.

Je vidai ainsi presque tout un compartiment du meuble, en quête de cette fiole providentielle qui rachèterait toutes les autres. Il fallait l'admettre : en dépit de sa vénération pour ces bouteilles, de ce culte qu'il leur vouait, mon père n'était guère versé dans l'art subtil de l'œnologie… Sa cave ne regorgeait pas de vins anciens mais simplement de vieux vins. Ce n'était pas de ces nectars que le temps sublime…

Je m'agaçais devant cette farce que la vie nous infligeait. Combien de bouteilles conservons-nous tous ainsi, dans l'attente du moment parfait pour les savourer ? Combien d'instants de félicité ajournons-nous tous, par crainte de ne pas être à la hauteur, par peur que la réalité ne soit point à la mesure de nos espérances ? Et à quoi bon conserver tous ces vins pour de grandes occasions, pour des moments de félicité toujours repoussés, si au final nous ne jouissons jamais de rien ?

Ainsi, ce dimanche-là, nous avons simplement accompagné notre omelette de quelques verres d'eau, breuvage insipide mais au moins honnête, dépourvu de cette duplicité qui caractérisait tous ces vins dont je ne supportais plus la vue… Entouré de cadavres, je contemplais sans un mot le désastre environnant. Seule ma mère souriait. Elle qui abhorrait le gaspillage semblait presque soulagée. Durant plusieurs semaines, elle raconta à tout le monde cette hécatombe œnologique, se plaisant à revivre cent fois ce déjeuner du dimanche et notre sobriété involontaire. « Nous avons ouvert pas moins d'une quinzaine de bouteilles, Laurent et moi, rien que pour nous deux. Et devinez quoi ? Cela ne nous a strictement rien fait ! »

La déréalisation traumatique

Les psychologues nomment « déréalisation traumatique » le phénomène par lequel, à la suite d'un bouleversement affectif, s'installe une sorte de distorsion entre le monde réel et la perception qu'un être humain en a. Notre esprit, dans un souci de protection, envelopperait notre souffrance d'un voile d'irréalité, donnant à tout ce qui nous entoure une apparence légèrement absurde. Ce décalage entraîne un certain humour qui surgit toujours mal, au grand dam de l'entourage déconcerté par tant d'inconvenance.

Un humour noir qui fait rire jaune.

J'eus moi-même, et par deux fois, l'occasion d'expérimenter ce curieux mécanisme de défense. Inutile de préciser que la mort de mon père était au cœur de ces moments de déraison.

Le premier épisode commença dans le train Orléans-Paris, après plusieurs jours de deuil en famille. J'avais machinalement hissé ma valise dans le porte-bagages au-dessus de ma tête. Elle contenait, outre quelques effets, les vêtements que j'avais portés lors de l'enterrement. Las, en quittant mon siège, j'oubliai de la récupérer. Mon inconscient avait-il voulu se débarrasser de ces oripeaux de deuil ? Toujours est-il que le lundi suivant, de retour aux Éditions de L'Observatoire, l'une des attachées de presse s'enquit de mon état. Sans que j'aie prémédité ma réponse, je m'entendis déclarer, sur le ton de la conversation : « Ce n'est pas une très bonne période pour moi : en à peine quinze jours, j'ai perdu ma valise et mon père. » Je n'oublierai jamais le regard qu'elle me lança, où l'incompréhension se mêlait à l'effroi. Ma peine avait fait dérailler mon sens de l'humour, l'orientant vers des rivages aussi improbables que malséants. C'était là, à n'en point douter, l'œuvre de cette fameuse déréalisation traumatique.

La seconde occurrence de ce phénomène eut lieu chez ma mère, en février ou mars 2022. Alors que nous étions assis sur le canapé, elle laissa échapper dans un soupir : « Tu te rends compte ? Cela fait déjà quatre mois que nous avons perdu ton père… » Que se passa-t-il dans ma tête pour que je m'entende répliquer avec désinvolture : « Tu voudrais que l'on fasse *koutoufatou* ? » Comme elle était, tout comme moi, dans un état de grande fatigue mentale, ma mère ne me chassa pas de la maison ; elle se mit à pleurer et à rire tout à la fois, secouée par des émotions contradictoires.

La déréalisation traumatique… C'est incontestablement ce mécanisme de défense qui est à l'origine de ce récit tout entier, qui en constitue en quelque sorte la trame invisible. Si j'insiste sur ce point, c'est afin que le lecteur me pardonne le ton adopté dans certains passages de mon livre. Oui, j'ai ri de ce qui n'avait sans doute rien de risible. J'ai plaisanté quand la décence aurait voulu que je me taise. J'ai commis des traits d'esprit sur ce qui me brisait le cœur. Mais je demande qu'on ne me juge pas trop sévèrement. Qu'on veuille bien plutôt me considérer comme un homme acculé à une situation sans issue, contraint de sourire et d'ironiser sur sa propre famille, sur sa propre vie, condamné à chercher le rire des autres, pour espérer réentendre un jour le sien.

Après tout, qu'est-ce que ce livre qui s'achève, sinon pas mal de chagrin, structuré par un peu de grammaire ?

Une tombe en hiver

C'est à moi qu'incombe à présent la tâche de veiller sur la tombe de mon père. Ma sœur, trop affligée par le chagrin, s'en trouve incapable ; et ma mère, accablée de même, ne peut s'y résoudre. Elles m'accompagnèrent une fois ; mais devant cette dalle grise et austère où brillaient les lettres d'or formant le nom de l'époux et père disparu, je crus que les deux allaient défaillir. Depuis lors, j'y vais seul. C'est un rituel que j'accomplis avec un mélange de dévotion et d'absurdité.

Mon père repose dans « le nouveau cimetière de Saint-Jean-le-Blanc », qui n'est guère éloigné de la maison, à peine cinq minutes en voiture. « Nouveau » est d'ailleurs un bien grand mot, étant donné qu'il existe depuis une vingtaine d'années. Mes grands-parents, Jean et Antoinette, eux, reposent dans « l'ancien cimetière ». Une histoire de génération, de millésime mortuaire… Ce nouveau cimetière jouxte un terrain de football, si bien qu'on entend résonner les cris et les rires lorsqu'on vient se recueillir. Je n'ai rien contre ces vies qui continuent leur cours à quelques mètres des gisants. Mon père adorait le foot : gageons qu'il apprécie lui aussi cette proximité incongrue, cette touche d'animation dans son repos éternel.

Je vais régulièrement là-bas, pour nettoyer les mauvaises herbes et redresser les pots de fleurs. Je regarde si les tombes à côté ne sont pas trop négligées. Je salue les autres visiteurs. (Les cimetières sont les derniers lieux où l'on dit encore bonjour aux gens que l'on croise...) Pour le reste, pas grand-chose : je parle à une dalle surmontée d'une croix. Et si cette croix symbolise mon père, je parle plus souvent à mon père mort que vivant.

On aurait le droit de trouver cela dommage.

Sur sa tombe, rares sont les vraies fleurs. Les gens de ma famille, même les amis, préfèrent déposer des bouquets artificiels, plus colorés, et qu'ils espèrent inaltérables. In-fanables, im-mortels. Comme une manière de nier l'évidence, une tentative désespérée de démontrer, même dans un lieu funèbre, qu'il serait possible de vaincre le cours du temps... Mais la pluie délave ces simulacres, le soleil les déteint, le gel les brise. Le temps triomphe toujours des illusions. La vie – même en détruisant – gagne toujours.

Devant sa sépulture, j'ai pris cette habitude un peu pathétique de m'adresser à lui comme s'il était encore là. Pire : j'amorce invariablement mes monologues d'un « j'espère que tu vas bien » des plus déplacés... Je lui raconte un peu tout, ma vie, mes projets, mes déboires. Je lui parle de ma mère et de ma sœur. J'ignore ce qu'il sait du monde qui continue, alors je le mets au parfum.

J'ai publié *Le Mode avion* en septembre 2021, et mon père est mort deux mois plus tard. Une fois, j'ai dit sur sa tombe : « Tu m'as gâché la sortie de mon meilleur livre ! » J'espère que ça l'a fait rire. En vérité, je sais qu'il n'a pas ouvert l'exemplaire que je lui avais offert, et je trouve cela assez triste. Parfois même, cela me met en colère. Je sais bien que le pauvre avait mieux à faire que lire les petites mésaventures de deux linguistes dans la France de l'entre-deux-guerres, mais bon… J'aurais tellement voulu que mon père lise ce livre.

J'aurais tellement voulu l'épater.

Après avoir rendu le manuscrit du *Mode avion*, j'avais entamé l'écriture d'un roman policier. Et puis le sort a frappé, mon père est mort. Comme dit Mike Tyson : « Tout le monde a un plan, jusqu'au premier coup de poing dans la gueule. » Et c'est vrai que j'étais K.-O. Adieu le roman policier. Adieu la fiction. J'ai ressenti le besoin de coucher une autre histoire sur le papier. L'histoire vraie de notre famille. Je l'ai révélé à ma mère, l'autre jour. Je pensais qu'elle allait m'interdire de continuer ce livre dans lequel je dévoile toutes nos superstitions, et où je parle du Maroc, de mon père et d'elle. Mais non. Elle m'a embrassé et elle a dit (je l'ai noté tout de suite dans mon téléphone) : « J'aime beaucoup cette idée. Tout ce qui nous est arrivé depuis cinquante ans, au Maroc, en Espagne, en France, c'était sans doute pour que tu puisses écrire ce livre. Un vrai beau livre, qui nous mettrait définitivement à l'abri, qui ne parlerait pas que de notre famille bien sûr (à quoi ça servirait ?), mais des rêves des gens en général. De la vie qui passe, qui est bizarre et qu'on gâche parfois, mais qui est belle quand même… »

Laissez-moi croire que tout ira bien

Aujourd'hui, c'est samedi. Il est 13 heures et je déjeune chez ma mère. La table croule sous les plats. Tandis que nous commençons le repas, je décèle dans les gestes de ma mère une certaine lenteur, une crainte diffuse. Il y a dix jours, elle est tombée. Elle était au restaurant avec ma sœur, elles se sont levées pour se resservir, et allez savoir comment : son pied a glissé. On voit cinq gros points de suture sur sa pauvre tête, traçant une constellation douloureuse. Aux urgences, ils ont dû couper ses cheveux à quelques endroits : elle dit qu'elle ne sortira plus tant que tout n'aura pas repoussé.

Pour la divertir, je lui offre des livres. *Les Envolés*, d'Étienne Kern. *Vivre vite*, de Brigitte Giraud. Cinta, l'une de ses amies, lui a offert *Sorcières*, le best-seller de Mona Chollet. Mais au bout de vingt minutes, ma mère l'a refermé en bâillant : « Ce n'est pas du tout ce que je pensais. »

Je lui raconte que j'ai bu la semaine dernière un café avec Isabelle Adjani. Ma mère m'embrasse. Elle n'en revient pas. (Moi non plus.)

Je lui dis qu'Adjani a juste six ans de moins qu'elle. Ma mère m'embrasse. Elle n'en revient pas. (Moi non plus.)

Je sens que les larmes montent. Je regarde autour de moi, et à travers ces larmes je vois aux murs un fer à cheval, une patte de lapin, des mains de Fatma, des pendentifs en forme d'œil bleu. Je vois sur un meuble le saint Pancrace en plastique, flanqué du bouddha blanc. Je vois autour du cou de ma mère sa fine médaille de saint Antoine. Dans le placard du couloir, je sais qu'il y a des litres d'eau de mer, pris plus ou moins à partir de la septième vague. Il doit y avoir aussi de vieilles crêpes desséchées tout en haut de son armoire, et un certain nombre de chaussettes rouges enfouies dans sa commode.

Je vois toutes ces choses qui m'entourent et je vois aussi que mon père est mort. Dans le placard de la salle de bains, si j'ouvrais le sac qui s'y trouve, je retrouverais son déodorant, son blaireau, sa mousse à raser. Ces choses-là me regarderaient bêtement. Je songe à Jacques Vaché : « L'Umour, c'est l'inutilité théâtrale (et sans joie) de tout. » Le placard de la salle de bains est rempli d'Umour à en pleurer.

Je songe aussi à Patti Smith : « Pourquoi ne puis-je écrire des mots qui réveilleraient les morts ? Cette question est celle qui me brûle le plus profondément. »

La fin d'un livre est un événement étrange : c'est la fin, mais simplement parce que l'auteur l'exige. Alors voici la fin de ce livre. Je sais bien que tous les parents meurent. Je sais bien que ma mère est âgée. Je sais bien que les religions sont vaines, d'un autre temps. Je sais bien que les superstitions ne sont pas vraiment des sciences exactes. Je sais bien que tout cela ne sert qu'à une chose : être la réponse à la question. Cela ne m'empêche pas, quand on me dit que ma mère semble en pleine forme, de faire dans mon dos un immense *khamsa*. Cela ne m'empêche pas de venir chez elle tous les premiers du mois pour avaler un plat de lentilles, et pour remettre un peu de persil dans le verre à côté de saint Pancrace. Cela ne m'empêche pas d'avoir une médaille de saint François dans mon portefeuille. Cela ne m'empêche pas d'aller tous les quinze jours sur la tombe de mon père, de lui parler, de lui demander bêtement s'il va bien. « Je me garde l'espérance » : voilà ce que répondit Alexandre le Grand à Perdiccas, lors du partage d'un butin, et tandis que son lieutenant s'étonnait de ce que l'empereur ne prenait rien de toutes les richesses qui s'étalaient devant eux.

Laissez-moi me prendre pour Alexandre.

Laissez-moi prendre la meilleure part du butin.

Laissez-moi me garder l'espérance.

Laissez-moi lutter à ma manière contre la peur. Laissez-moi conjurer le sort avec trois fois rien, des gestes dérisoires, des prières murmurées. Laissez-moi croire que je peux contrer ce qui ne peut manquer d'arriver. Laissez-moi être bête, grotesque, naïf, démesurément croyant – immensément païen.

Laissez-moi aimer les miens tant qu'ils sont miens.

Laissez-moi être superstitieux.

Laissez-moi croire que tout ira bien.

pca
cmb
édition pré-presse
livres numériques

44400 Rezé

Achevé d'imprimer sur Roto-Page
en mai 2025
par l'Imprimerie Floch à Mayenne

Dépôt légal : août 2025
N° d'impression : 107021
Imprimé en France